閱讀經典，成為更好的自己。

愛經典

面紗

The Painted Veil

威廉．薩默塞特．毛姆——著　徐淳剛——譯
William Somerset Maugham

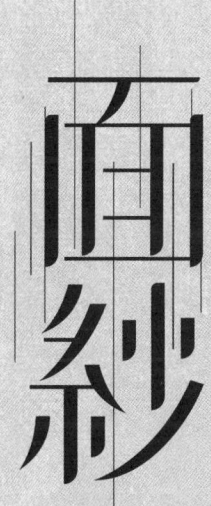

緣起

愛經典

卡爾維諾說：「『經典』即是具影響力的作品，在我們的想像中留下痕跡，並藏在潛意識中。正因『經典』有這種影響力，我們更要撥時間閱讀，接受『經典』為我們帶來的改變。」因為經典作品具有這樣無窮的魅力，時報出版公司特別引進大星文化公司的「作家榜經典文庫」，期能為臺灣的經典閱讀提供另一選擇。

作家榜經典文庫從二〇一七年起至今，已出版超過一百本，迅速累積良好口碑，不斷榮登各大暢銷榜，總銷量突破一千萬冊，本書系的作者都經過時代淬鍊，其作品雋永，意義深遠；所選擇的譯者，多為優秀的詩人、作家，因此譯文流暢，讀來如同原創作品般通順，沒有隔閡；而且時報在臺推出時，每部作品皆以精裝裝幀，質感更佳，是讀者想要閱讀與收藏經典時的首選。

現在開始讀經典，成為更好的自己。

目次

導讀

你為什麼一定要讀毛姆

其實，英國作家毛姆的作品是最不需要導讀的，因為他的文字只要讀了一截或者一個開頭，就會產生一種天然的吸引力，很難突然放下置之不理。就像同樣是聊天，有的人敘述一件事趣味橫生，有的人則先就板起一張面孔，而有的人說任何事情都是白開水。

毛姆無疑是一位可以對文字施展魔力的作家，有著化腐朽為神奇的超然本領。這至少是成為一名優秀作家的先決條件。

用現在的話說就是會聊天。

所以，如果有用文字向他致敬的機會，我深感榮幸。

長篇小說《面紗》這部作品寫於一九二五年，經過了時間長河的洗禮，直到今天都還有它寶貴的閱讀價值，這是為什麼呢？

首先，毛姆打破了我們的閱讀習慣和經驗。

每一個年輕人都會有自己的青澀歲月，以前的人是讀三毛或者瓊瑤如醉如癡，現在也有許多耽美或者言情小說讓我們麻醉或者治癒。我們非常容易習慣東方式價值觀土壤中滋生的各種故事：只要道德高尚內心美好，那麼無論多麼千辛萬苦都會迎來人生的圓滿。

這幾乎變成了一個套路。

但毛姆不是，他可以說是簡單粗暴地打破了這種自圓其說的模式。

《面紗》中的女主人公凱蒂不愛她的丈夫，可是她的丈夫沃爾特卻深愛著凱蒂，於是沃爾特對凱蒂說：「我知道你愚蠢、輕浮、無知，但我愛你。我知道你的目標和理想庸俗乏味，但我愛你。我知道你是二流貨色，但我愛你。」「我知道你嫁給我只是圖一時之便。我太愛你了，我不在乎。」

是不是覺得很震撼？

也許有人會說這不就是「壞女孩走四方，好女孩上天堂」的理論嗎，但其實在我們的閱讀經驗中，所謂壞女孩並不是真的壞，只是比較前衛、不被常人理解罷了，骨子裡也還是好女孩。如果是真正的壞女孩，會千方百計地掩飾自己的斑斑劣跡，一旦真相大白，好男人肯定拂袖而去。

但這是真實的嗎？當然不是，這只是一個皮肉傷，遠沒有到傷筋動骨的程度，更不要說觸及靈魂了，這就引出了下一個問題。

其次，毛姆直接揭示了人性殘酷的一面。

毛姆對於婚外戀的行為並沒有展開道德評判，他著重描寫的是凱蒂在丈夫沃爾特身上看到了其優秀品質，沃爾特忘我地工作，搶救疫區的病人使他們逃離苦海，這令其身邊的工作人員感動不已，可是凱蒂仍舊清醒地認識到自己不愛他。

這便是愛情的複雜性，人類並非全都因為完美而產生愛。

反過來，凱蒂明明知道有家室和孩子的查理是玩弄她的感情，是一個自私卑鄙的小人，可是依舊不能自持，「他的吻像上帝的火焰，瞬間燒透了她的全身。那是一種狂喜，她被燒成了灰燼」，從而委身於他。

凱蒂一邊罵著自己下賤，一邊接受著查理的誘惑。

當沃爾特在工作中染病身亡，凱蒂在難過之餘居然有了輕鬆的感覺，有了一種重獲自由的快感。

毛姆說出了人性不可言說的那些卑微瞬間。

同時，毛姆對於男人的剖析也利刃相見絕不手軟。

查理既想玩弄美人但是又不想影響家庭的安穩，更不能破壞他當總督的夢想。這些都是男人的企盼，不足為奇。然而當他知道這一段私情將直接導致凱蒂必須奔赴疫區，幾乎就是去送死的時候，他顯得出奇的冷靜，並鼓動凱蒂光榮前往，等於直接把凱蒂推向死亡的深淵。

之前的蜜裡調油和後來的冷若冰霜形成鮮明的對比。

並且查理不止一次地在凱蒂面前誇獎自己的妻子有多麼好。

——那我們算什麼，狗男女嗎？

查理說他一輩子都不會離開妻子。

——你妻子那麼好，你卻要睡我，我是廁所嗎？

男人的自保善變，女人的愚蠢可悲，無不痛擊心靈深處。

直到這時，我們才會發現有時候謊言的確是仁慈的。

再次，毛姆先生從未忘記輸出他的價值觀。

這一點非常重要，毛姆絕不會讓他的讀者在好看的故事裡迷失自我。

他談到宗教，還有中國的《道德經》，這至少說明他的眼界是開闊的，思想是包容的，希望東西方的文化是互相滋養的。

可他又是有堅持的，並不按照常理出牌。一個好人不會因為品格高尚而不死，壞人也不會有半點自責，照樣活得左右逢源。毛姆根本不相信什麼因果輪迴，對現實世界反而有著科學的判斷。

對於我們奉為至高無上的愛情，他卻沒有半點誇張的描寫。

毛姆想說的是，愛是一種能力，也是需要學習的、需要思考的。他把凱蒂放到屍橫遍野的疫區，讓她失去愛人、情人、母親，在這一系列的煎熬中她獲得了愛的能力。

她不再埋怨父親，從一味地索取、不滿、再索取，反覆而無止境，到真心希望陪伴年事已高的父親走完最後一程，完成了一個漂亮女孩的精神蛻變。

最後說一說為什麼要讀毛姆的潛在原因。

「讀書可以改變人生」這樣的漂亮話我就不說了，因為也有很多讀書人一生都活得很不快樂，或者根本就是一個失敗者。這說明人除了讀書之外，還要思考，要工作，要生活，要躬身入世，有良好的人際關係。

但無論如何讀書都是一個人立命安身的基礎。所以第一個重要的原因，毛姆的書客觀上降低了讀書的門檻。

這並不說明毛姆淺顯簡單，而是身處於這個快節奏的時代，一本書是否好看，本身已成為文本的價值。

這些年來我們一直強調讀書的重要性，也在一定程度上掀起了全民閱讀的熱潮，但還是有相當多的讀者認為許多文學大家的作品晦澀艱深，完全讀不下去，直接挑戰讀者的閱讀耐心。

然而我們會驚奇地發現毛姆老先生的作品非常符合當代人的「悅」讀習慣，耐讀幽默，節奏感恰如其分。

毛姆的敘述、情節描寫、聚焦刻畫和細節再現，凡此種種的切換自如流暢，完全是無縫對接，充分體現了他巨大的優點和天才的寫作。

第二個原因，我們可以通過閱讀毛姆而瞭解人性。

毛姆不僅揭示同時逼視人性，這種準確的表達不是真誠或者不虛假的寫作就可以完成的，這需要作家對社會、生活、人情世故有著深刻認識，而這一切的展現又都在從容、輕鬆、自然的表達之下。

靜水深流。

毛姆讓我們看清了自己與這個世界的關係，不會抱有無謂的幻想。如果你對生活有著清晰的認識，在別人做霸道總裁愛上我的美夢時，你卻在默默讀書、奮鬥，是不是賺翻了？

一定要讀毛姆的第三個原因，毛姆有一個開放豁達的心態，這在他的文字中表達得很充分，值得我們去學習效法。

毛姆的出身悲苦，十歲前父母雙亡。這個說話有點結巴的小矮子性格孤僻敏感，他的經歷也堪稱奇特：做過助產師、間諜、演員、救護車司機等，當然也做過丈夫和情人。但他的文字中並沒有憤世嫉俗的偏激，反而有著旁觀者的冷靜與老到，以及不為人察的開朗樂觀。

毛姆無疑是人氣作家，生前拿到的版稅高達數千萬美元。然而一九四六年被美國批評家艾德蒙·威爾遜的文章〈被神化的毛姆〉裡貼上了「二流作家」的標籤，毛姆不僅沒有勃然大怒，還常以「二流作家中的佼佼者」自居，顯現出一位作家的風度與自信。事實上，任何經典作品的地位都是由時間來決定的，哪怕是權威性的拔高也並沒有什麼實際意義。

而毛姆則是一直被閱讀、被看到的作家。

我們常常看到一些優秀作家的作品中充滿了糾結與擰巴，這也是寶貴的文學體驗，像鏡子一樣照出了我們的內心。不過毛姆的自洽、瀟灑和滋潤同樣是令人神往的，對不對？畢竟身後名不如現世一杯酒。

第四個原因也是至關重要的，那就是毛姆是一位有著現代意識的作家，甚至可以說近年來國內興起的「毛姆熱」絕非偶然。

時代到了某一個節點，被絕大多數人關注的問題仍舊是頭頂的月光和腳下的六便士，仍舊是「死是一重幕帷，活著的把它喚作生命，大家睡了，它便完全揭開」（雪萊），這便是毛姆可以常讀常新的要害。

老實說，毛姆的筆調是偏冷的，對人性的描寫幾近絕望，然而他深刻的洞察力和犀利的穿透力在世事輪迴的過程中仍舊是我們必須面對的現實。

並且，毛姆還寫出了男女之間的差異性，他筆下的性事早已不是誰玩弄了誰這麼簡單，在凱蒂夢想即將成為查理夫人的時候，查理想的卻是「我什麼都不想改變」、「你去死吧」。是不是幾近荒誕？

而在一切危機度過了之後，查理又找回了他的面紗，成為迷人的王子。
什麼是現代性，就是冷靜、荒誕、不動聲色、直指心靈。
這是他了不起的地方。
所以，讓我們打開《面紗》靜心閱讀，也許這是一個微不足道的開始，卻有可能讓你跟隨毛姆從此走進世界文學的殿堂。

二〇二一年六月二十二日

[1]

1 張欣：當代著名作家，現任廣東省作家協會副主席、廣州市作家協會主席。主要作品有長篇小說《鎖春記》、《深喉》、《不在梅邊在柳邊》、《黎曼猜想》等。

別揭開生活華麗的面紗

"...the painted veil which those who live call Life."

出自雪萊十四行詩〈別揭開生活華麗的面紗〉

（Lift Not the Painted Veil）。

序言

這部小說受到但丁《神曲》的啟發，詩句如下：

「啊，當你返回人間，
在漫長的旅途中休息，」
第三個靈魂跟在第二個之後說：
「請記住我，我就是皮婭：
生在西恩納，死在馬雷馬；
那個先和我訂婚，結婚時又把寶石戒指
套在我手上的他，卻將我殺。」[2]

2 出自但丁《神曲·煉獄篇》第五首。皮婭是義大利西恩納人，嫁給行政長官南羅為妻。因被懷疑與人通姦，後在馬雷馬沼澤地被丈夫處死。

我曾是聖托馬斯醫院的學生，復活節有六週假。於是，我把衣服塞進旅行包，口袋裡裝著二十英鎊，就出發了。那年我二十歲。我去了熱內亞、比薩，然後到了佛羅倫斯。在蘿拉大街，我租了個房間，從窗戶可以看到大教堂美麗的圓頂。房東是個寡婦，她女兒同意食宿全包（經過一番激烈的討價還價），每天給她四里拉。恐怕她也賺不了多少，因為我飯量很大，毫不費力就把小山似的義大利麵全部吞下。這寡婦在托斯卡尼山上有個葡萄園，我記得，她用自己種的葡萄釀的酒，是我在義大利喝過最好的葡萄酒。她女兒每天給我上一節義大利語課。我當時覺得她年紀不小了，但應該不到二十六歲。她遭遇過不幸。她的未婚夫是個軍官，在阿比西尼亞遇害，此後她便守身如玉。不難理解，在她母親（一位身材豐滿、頭髮灰白、生性快樂的女士，在親愛的上帝發現合適的機會之前，她是不打算去見祂的）去世以後，埃爾西利婭一定會去信教。對此，她滿心歡喜地期待著。她很喜歡笑。午餐和晚餐時我們都很愉快，但一上起課來，她就變得十分嚴肅，每當我呆頭呆腦或漫不經心時，她便用一把黑尺猛敲我的指關節。就像對待孩子一般。按理說我該感到惱怒，但一想起我在書裡看到過的那種老式的教育方法，我就忍不住大笑。

日子過得很艱苦。每天早上，我先翻譯幾頁易卜生劇本，以便掌握技巧，這樣寫起對話來便很輕鬆；之後，我手裡捧著羅斯金的書，沿街仔細觀察佛羅倫斯的風景。按照書中的指示，我對喬托鐘樓和吉貝爾蒂設計的各種青銅門欽佩有加。我對烏菲茲美術館裡波提且利的作品充滿熱情，因為那時年少輕狂，所以我對這位大師藐視的作品也不屑一顧。午飯後我上義大利語課，結束了又出去參觀各式各樣的教堂，一邊沿著阿諾河前行，一邊做著白日夢。用過晚餐，我繼續外出尋找刺激，然而因為我如此單純，或者至少如此羞怯，我回來時總是和出去時一樣純潔。儘管房東太太給了我一把鑰匙，但只有聽到我進屋後把門閂上了，她才會鬆一口氣，因為她老擔心我忘了這事。這時，我又開始細讀歸爾甫派和吉伯林派[3]的歷史。我傷心地意識到，浪漫主義時代的作家不會像我這樣做，儘管我懷疑他們之中是否有誰能像我一樣，用二十英鎊在義大利待六週。我很享受這種清醒而又勤奮的生活。

我已讀過《地獄篇》（借助翻譯本，但碰到生詞，還是很認真地查字典），所以埃爾西利婭便從《煉獄篇》教起。當我們進行到前面我引用的那幾句詩時，她告訴我，皮婭是西恩納的一位貴婦人，她丈夫懷疑她與人通姦，但考慮到她的出身，不敢直接將她殺死，於是把她帶到馬雷馬的城堡，他相信沼澤裡的毒氣會要了她的命。然而過了很長時間她都沒死，他很不耐煩，便把她從窗戶扔了出去。我不知道埃爾西利婭是從哪裡聽來這個故事，據我所知，但丁不會寫得這麼仔細，但這個故事還是激發了我

3 歸爾甫派和吉伯林派（Guelphs and Ghibellines）：又稱教宗派與皇帝派，是指位於中世紀義大利中部和北部分別支持教宗和神聖羅馬帝國的派別。

的想像力。我在腦海裡反覆醞釀，很多年來，時不時地會沉思兩三天。我常常在心裡默念著這行詩：我生在西恩納，死在馬雷馬。但這只是我構思中的眾多題材之一，很長一段時間，我甚至把它忘了。當然，我把這當成一個現代故事，不過想不出在當今世界，哪裡才是適合這個故事發生的背景。直到我在中國做了一次長途旅行，我終於發現有這樣的可能。

我想，這也許是我寫過的唯一一部從故事而不是從人物開始的小說。人物和情節之間的關係很難解釋。你不能憑空設想一個人物；一旦開始設想他，你得想到他在某種情景之中、在幹什麼；如此一來，這個人物，或至少他的行為準則才是合理的。但這一次，我先構思了故事情節，然後選擇合適的人物來配合情節發展；他們都是由我在不同環境中長期熟悉的人物原型塑造的。

這本書，讓我碰到了一個作家可能會遇到的那種麻煩。最初，我的主人公叫萊恩，一個很普通的名字，但好像在香港，有好幾個人叫萊恩。他們提起了訴訟，連載我小說的雜誌老闆不得不賠了兩百五十英鎊才平息了此事。所以，我把主人公名字改成了費恩。但隨後，香港助理輔政司覺得這是在誹謗他，威脅說要上訴。我很驚訝，因為在英國，我們可以把首相搬上舞臺，或者把他作為小說中的人物。坎特伯里大主教或大法官，袞袞諸公會面不改色。然而讓我感到奇怪的是，這位如此微不足道的臨時工竟然認為小說是在影射他。但為了省事，我還是把香港改成了一個假想的地方——清延[4]。這事發生時，書已出版，因此只能回收。一些已經收到書的精明的評論家，以種種藉口拒絕退還此書，就這樣，此書產生了書志學上的價值。我想，存世的大約有六十本，都被藏家以高價買走了。

4 清延（Tching-Yen），一九二五年《面紗》首版以後，已改回成香港。

1 剛才門口有人

她一聲驚叫。

「怎麼了？」他問道。

儘管關著窗，房間裡漆黑一片，他還是看到她臉上倏然閃過的驚慌。

「剛才門口有人。」

「哦，也許是阿媽，或者是哪個男僕。」

「他們從不這時候來。都知道午餐後我要睡一下。」

「那還有誰？」

「沃爾特。」她低聲說，嘴唇顫抖著。

她指了指他的鞋。他連忙去穿。但由於她的驚慌，他也緊張起來，顯得笨手笨腳，偏偏鞋帶又繫得很緊。她不耐煩地歎了口氣，遞給他一支鞋拔。她穿上晨衣，赤腳走到梳妝檯前，梳理整齊她的一頭短髮。他也穿好了第二隻鞋。她把外套遞給了他。

「怎麼出去？」

「最好等一等。我先看看外面有沒有事。」

「不可能是沃爾特。不到五點他不會離開實驗室。」

「那會是誰？」

他們低聲說話。她渾身發抖。他突然想到，她一緊張就會方寸大亂，不禁怪起她來。照現在看，哪像她說的那麼安全？她屏住呼吸，一隻手抓住他的手臂。他順著她的目光看去。對面是朝著走廊的幾扇百葉窗，都閂著。他們盯著白瓷把手在慢慢轉動。走廊裡沒有腳步聲。這種無聲的轉動真是嚇人。過了一會兒，悄無聲息。然後，他們看見另一扇窗戶的白瓷把手也詭異地轉動起來，同樣悄無聲息，令人毛骨悚然。凱蒂嚇得魂不附體，正要張嘴尖叫；他見勢頭不對，連忙伸手捂住，把叫聲悶在他的手指裡。

一片寂靜。她靠在他身上，雙膝發抖，他擔心她會暈倒。他緊皺眉頭，面無表情把她抱到床上，讓她坐好。她面色蒼白如紙，而他雖然皮膚黝黑，臉上也毫無血色。他站在她身邊，失魂落魄地盯著那個白瓷把手。兩人無語。然後他見她哭了起來。

「看在上帝的分上，別這樣，」他不耐煩地說，「該倒楣就倒楣好了。我們只能厚顏無恥了。」

她找她的手帕，他知道她要幹什麼，便把她的包包遞了過去。

「你的遮陽帽呢？」

「我放在大廳了。」

「哦，天哪！」

「我說，你別慌。這人很可能不是沃爾特。他為什麼這個時候回來？中午他從不回家，對吧？」

「從來沒有。」

「我敢打賭，什麼都行，剛才是阿媽。」

她向他微微一笑。他那渾厚而親切的聲音讓她安心。她拉過他的手，深情地握著。他耐心等她冷靜下來。

「聽我說，我們不能一直待在這裡，」過了一會兒，他說，「你能起來到走廊看看嗎？」

「恐怕還站不住。」

「這裡有白蘭地嗎？」

她搖搖頭。他眉毛一皺，臉色瞬間變得陰沉，愈發感到煩躁，不知道該怎麼辦。突然，她把他的手抓得更緊了。

「要是他一直站在外面呢？」

他咬著嘴唇，勉強笑了笑，依然保持著溫柔、自信、打動人心的語調。

「不會的。振作點，凱蒂。怎麼可能是你丈夫呢？如果他進到大廳，看見一頂陌生的遮陽帽，上樓又發現你房門鎖著，他肯定會叫嚷的。一定是哪個僕人。只有中國人才那樣轉把手。」

現在，她確實安心多了。

「就算是阿媽，也讓人很不舒服。」

「她很好擺平，必要的話，我再拿上帝嚇唬她。做政府公務員沒多大好處，不過，要辦事還是能辦到的。」

他說得有理。她站起來，轉身向他伸出手臂；他把她抱在懷裡，吻她的嘴。那種狂喜的快感幾乎是痛苦的。她太愛他了。他放開她，她隨即走到窗口，拉開門，稍稍打開百葉窗往外看。一個人影也沒有。她溜進走廊，往丈夫的更衣室看了看，又瞄了瞄自己的起居室，都是空的。她回到臥室，朝他擺了擺手。

「沒人。」

「我相信，整件事就是個錯覺。」

「別笑。嚇死我了。去我的起居室坐一下。我得穿上長襪和鞋子。」

2 房間裡的對話

他照做了。五分鐘後，她回到他身邊。他正在抽菸。

「喂，能給我來杯白蘭地加蘇打水嗎？」

「好的，我這就按鈴。」

「看來，這事不會對你有什麼傷害。」

他們默默地等著男僕到來。很快便吩咐了。

「給實驗室打個電話，問問沃爾特在不在。」然後她說，「他們聽不出你是誰。」

他拿起話筒，要了號碼，隨即問費恩醫生在不在，就放下電話了。

「午餐後就不在了，」他告訴她，「問問男僕他回來過沒有。」

「我可不敢。如果他回來過，我卻沒看見，豈不太可笑了？」

男僕端來了飲料，湯森喝了起來。他問她要不要喝一點，她搖搖頭。

「如果剛才是沃爾特，那該怎麼辦？」她問。
「也許，他並不在乎。」
「沃爾特？」她的語氣裡不無懷疑。
「我總覺得他很靦腆。你知道，有些男人受不了吵鬧，他很清楚，鬧得人盡皆知，毫無益處。我根本不相信是沃爾特，就算是，我也覺得他什麼都不會做，他應該會假裝沒事。」
她思量了片刻。
「他非常愛我。」
「嗯，那就更好了，你可以討他歡心。」
他微笑著看著她。這笑容如此迷人，讓她一直無法抗拒。它慢慢綻開，從他清澈的藍眼睛裡泛起，然後漸漸擴展到他漂亮的嘴巴上。他的牙齒細小潔白。這笑容非常性感，足以讓她的心瞬間融化。
「我才不在乎，」她說，臉上閃過一絲歡樂，「和你很值得。」
「都是我的錯。」
「那你為什麼來？看到你，我很吃驚。」
「我忍不住。」
「親愛的。」
她挨近他，又黑又亮的眼眸深情地凝視著他，雙唇渴望地微微張開，他立刻摟住她。她心醉神迷地歎了口氣，頓時癱倒在他的懷裡。

「有我在，放心好了。」他說。

「和你在一起很快樂。真希望我能像你讓我快樂一樣，也讓你快樂。」

「現在不怕了？」

「我討厭沃爾特。」她回答。

他不知該說什麼，便吻了吻她。她的臉十分嬌嫩，緊貼著他的臉。

這時，他抓起她的手腕。她戴著一塊小金錶，他看了看時間。

「你知道，現在我該做什麼嗎？」

「開溜？」她笑了。

他點點頭。她一下把他抱得更緊了。但覺得他真要走，便放開了他。

「你怠忽職守，真是丟人。快走吧。」

這般調情，他無法抗拒。

「你好像急著要打發我。」他淡淡地說。

「你知道，我不想讓你走。」

她的回答微弱、低沉、認真。他發出了滿意的笑聲。

「你那漂亮的小腦袋，別再為我們神祕的訪客煩惱了。我敢肯定是阿媽。就算有麻煩，我也保證幫你解決掉。」

「你很有經驗？」

他得意地笑了。

「不，但說句自誇的話，我肩膀上這顆腦袋還算靈光。」

3 好女人桃樂西

來到走廊，她目送他離開。他向她揮手。她望著他，忽然心生激動。他四十一歲，卻有著青春的身形，矯健的步伐。

走廊在陰影中；她慵懶地徘徊著，心安理得，心滿意足。他們的房子坐落在歡樂谷，在山的一側，因為負擔不起條件更好、更昂貴的山頂別墅。但她幾乎從不凝望蔚藍的大海和港口擁擠的船隻。她只想著她的情人。

當然，他們下午那樣做很愚蠢；可是，如果他想要她，她哪還顧得上謹慎？他在午餐後來她這裡已經兩三次了，都是趁天熱沒人願意出來，連男僕也沒見過他的行蹤。在香港舉步維艱。她討厭這座中國城市，一走進維多利亞道，看到那棟他們經常幽會的骯髒小房子，她就十分緊張。那是一家骨董店，坐在那裡的中國人都盯著她看，讓人很不舒服；她討厭那個老頭諂媚的笑，他帶她到店鋪後面，爬上昏暗的樓梯。他把她領進一個發霉難聞的房間，牆邊那張大木床讓她不寒而慄。

「這太噁心了，不是嗎？」第一次在那裡和查理見面時，她說。

「你進來就不一樣了。」他回答。

是的，等他把她抱在懷裡的那一刻，她把什麼都忘了。

唉，只恨她不自由，他們兩個都不自由！她不喜歡他的妻子。凱蒂的思緒游移不定，她想到了桃樂西．湯森。真是不幸，竟然叫桃樂西！一下就透露了年齡。她少說也三十八歲，但查理從來沒有提過她。他當然不在乎她，他煩死她了。可他是個紳士。凱蒂滿懷深情，諷刺地笑了笑：他就是這樣，迂腐至極；他可以對她不忠，但絕不允許自己說一句詆毀她的話。她身材高䠷，比凱蒂要高，不胖不瘦，一頭濃密的淺棕色頭髮；除了青春的容顏，她怎麼看都不算漂亮；她面龐姣好，但並不引人注目，一雙藍眼睛顯得冷冰冰的。她的皮膚讓你不想再看第二眼，臉頰也黯淡無光。她穿得就像——嗯，倒還合她的身分——一個香港助理輔政司的太太。凱蒂笑了，輕輕聳了聳肩。

當然，沒人否認桃樂西．湯森的嗓音悅耳動聽。她是個能幹的母親，查理總是這樣評價她，她就是凱蒂母親所說的好女人。但凱蒂不喜歡她，不喜歡她那種漫不經心。去她那裡喝茶吃飯，她待人的禮貌讓人惱火，因為你不能不感覺到她是多麼瞧不起人。事實是，凱蒂覺得，她什麼都不在乎，除了她的孩子：兩個男孩在英國上學，還有一個六歲男孩，她打算明年也帶回英國。她的臉是一張面具。她面帶微笑，言行得體，彬彬有禮，但她的殷勤拒人千里。她在香港有幾位好友，都很羨慕她。凱蒂心想，湯森太太是不是認為凱蒂出身低微？凱蒂不禁臉紅了。但無論如何，她也不該擺臭架子。她的父親的確當過香港總督，顯赫一時——你一走進房間，人人起身行禮；你驅車經過，個個脫帽致意——但還有什麼比一個退休的香港總督更無足輕重的呢？桃樂西·湯森的父親住在伯爵區的一間小房子裡，靠養老金度日。去那種地方做客，凱蒂的母親會覺得無聊至極。凱蒂的父親，伯納德·賈斯汀，是位皇家法律顧問，說不定哪天就會當上法官。不管怎樣，他們是住在南肯辛頓[5]。

5 南肯辛頓（South Kensington）：英國倫敦著名富人區。

4 夫妻日常

凱蒂結婚後來到香港，發現自己很難接受眼前的事實——她的社會地位由她丈夫的職業決定。當然，大家都很友善，兩三個月來，他們幾乎每晚都去參加聚會。他們去總督府吃飯，總督把她當新娘對待。但她很快就明白，作為政府聘請的細菌學家的妻子，她並不重要。這讓她很生氣。

「太荒謬了，」她對丈夫說，「真是，這裡幾乎沒有一個值得請到家裡待上五分鐘的人。母親做夢也不會請他們任何一個來我們家吃飯的。」

「你不該為這事心煩，」他回答，「你知道，這不重要。」

「當然不重要，只能說明他們有多蠢。但想想在倫敦常來我們家的那些人，在這裡我們卻被人視如糞土，真是滑稽。」

「從社會的角度看，研究科學的人就像不存在似的。」他笑道。

這一點，她現在明白了，但嫁給他時並不知道。

「我還不知道，被半島東方輪船公司代理邀請吃飯會這麼開心。」她乾笑了幾聲，好讓自己的話顯得不那麼勢利。

也許，他聽出她話裡藏針，所以拉起她的手，輕輕握住。

「非常抱歉，親愛的凱蒂，但別為這事煩心。」

「哦，我才不會那麼小氣。」

5 可能是沃爾特

下午那人不可能是沃爾特。一定是哪個僕人，反正沒關係。中國僕人什麼都知道，但他們守口如瓶。

一想起那個白瓷把手慢慢轉動，她的心便怦怦直跳，他們不能再冒險了。最好還是去骨董店。就算有人看見她進去也不會在意，那裡絕對安全。店主知道查理是誰，他不會傻到去惹一個助理輔政司。只要查理愛她，還有什麼可在乎？

她轉身離開走廊，回到起居室，一屁股坐在沙發上，伸手取菸，忽然瞥見一本書上放著張字條。她打開，是用鉛筆寫的。

親愛的凱蒂：

這是你要的書。我正要把它送來時遇到了費恩醫生，他說他經過家門，順便捎給你。

V・H

她按了鈴，男僕進來，她問是誰送的書、什麼時候。

「是老爺帶回來的，太太，在午飯後。」他回答。

這麼說是沃爾特了。她立刻給輔政司辦公室打電話找查理，把剛弄清的事告訴他。

他沉吟片刻，沒有回答。

「我該怎麼辦？」她問。

「我正在開一個重要的會議，恐怕不能跟你說話了。我的建議是，靜觀其變。」

她放下話筒，明白他那裡不只他一個人，頓時對他的工作感到很不耐煩。

她又坐下，在一張桌子前，雙手托腮，苦思冥想著目前的狀況。當然，沃爾特可能只是認為她在睡覺，她沒理由不鎖上自己的房門。她極力回憶當時他們是否在說話，他們當然沒有大聲。還有那頂帽子，查理竟然把它忘在樓下，真是瘋了。但責怪有何用，這很正常，而且，沒有什麼證明沃爾特已經注意到了。他可能很匆忙，把書和便條放下就趕出去談事情了。奇怪的是他竟會試著開門，然後又去開兩扇窗。如果他以為她睡著了，就不會打擾她。她真是個傻瓜！

她渾身一抖，再次感到那種甜蜜的痛苦，當她想起查理時。這是值得的，他說過會和她廝守，如果事跡敗露，也好……沃爾特要是大吵大鬧，隨他的便吧。她有查理，還有什麼可在乎？也許，最好讓他知道。她從來都不在乎沃爾特，自從愛上查理．湯森，順從丈夫的愛撫只讓她感到厭煩透頂。她不想和他有任何瓜葛。反正他拿不出證據。如果他指責她，她就否認；如果實在無法否認，更好，她就索性把真相抖給他。他愛怎樣就怎樣。

6 這要怪母親

結婚不到三個月，她就意識到自己犯了一個錯誤。但這不能全怪她，還要怪她的母親。

屋裡有張她母親的照片，凱蒂焦慮的目光落在上面。她不知道為什麼要把它放在那裡，因為她不太喜歡自己的母親。她父親的照片也有一張，放在樓下的大鋼琴上。那是他當上皇家法律顧問時拍的，戴著假髮，穿著長袍，即使那樣也沒顯得威嚴。他矮小乾癟，雙眼疲憊，上唇過長，嘴唇很薄。那個愛說笑的攝影師讓他看起來高興些，但他只顯出了一臉嚴肅。通常，他嘴角下垂，眼神沮喪，有一種略顯憂鬱的氣質，賈斯汀太太覺得，這讓他顯得公正，便從很多印樣中選了這張。而她自己的照片上，那衣服還是丈夫當上皇家法律顧問、應邀進宮時穿的。一襲天鵝絨禮服，盡顯華貴，長裙拖曳，儀態萬千，頭插翎羽，手捧鮮花，身子挺得筆直。她五十歲，身材瘦削，胸部扁平，顴骨突出，鼻子大而勻稱。一頭黑髮濃密光滑，凱蒂一直懷疑，如果不是染過，至少也做了修飾。一雙漂亮的黑眼睛，滴溜溜轉個不停，這是她最明顯的特徵。當她跟你說話時，冷漠而無皺的黃臉上那雙撲閃的眼睛實在讓人不安。那雙眼睛先在你身上各個部位掃來掃去，然後落到房間裡其他人身上，最後再回到你這裡，讓你覺得她是在挑剔你、掂量你，同時又對周圍的一切保持警惕，而她說的話和她的所思所想沒有半點關係。

7 凱蒂的父母

賈斯汀太太冷酷無情，長袖善舞，雄心勃勃，吝嗇又愚蠢。她是利物浦一位律師的五個女兒其中一個，伯納德．賈斯汀在北部巡迴法庭工作時遇見她。那時，他年紀輕輕，前途光明，她父親說他會大有作為。但他沒有。他刻苦勤奮，頗有才能，卻剛愎自用。賈斯汀太太瞧不起他。但她深知，儘管痛苦，她卻只能藉由他獲得成功，所以竭力調教他，按自己的意願行事。她毫不留情地數落他。她發現，當她想要他做他不願做的事時，只要讓他不得安寧，筋疲力盡，他就會屈服。在她那邊，她苦心培養可用之才，巴結能給他丈夫提供案子的律師，和他們的妻子混得很熟。她對法官和他們的夫人曲意逢迎，對前途大好的政客阿諛奉承。

二十五年來，賈斯汀太太從未因喜歡某人而請他到家裡吃飯。她定期舉辦大型晚宴，但她的小氣和野心一樣強烈。她吝嗇至極。她自鳴得意，可以像別人一樣大肆排場，卻只花一半錢。她的晚宴時間長，餐點精美，又很省錢，而她總是認為，大家吃飯聊天時並不知道喝的是什麼。她把起泡的摩澤爾白葡萄酒用餐巾裹起來，自以為客人會把它當作香檳。

伯納德．賈斯汀有家體面的事務所，不是很大。很多比他開業晚的人，生意都超過他。賈斯汀太太讓他競選議會議員。選舉開支由政黨承擔，但她的吝嗇再次阻撓了她的野心，她捨不得花錢討好選民。由候選人出資、成千上萬的競選基金中，伯納德．賈斯汀的捐助總是差那麼一點。他被擊敗了。能成為議員的妻子，賈斯汀太太當然高興，但她也能咬緊牙關，承受希望的落空。事實上，在丈夫參選期間，她接觸了一些顯赫人物，這提升了她的社會地位，讓她感到欣喜。她知道伯納德永遠進不了議會。但她仍然要求他去爭取兩三個必敗無疑的席位，這樣至少能贏得黨內對他的感激。

但他還是個小律師，不少比他年輕的人都當上了皇家法律顧問。她覺得，他也有必要如此，否則毫無希望當上法官，對她來說也沒面子。跟比自己小十歲的女人一起赴宴，讓她感到羞恥。但在這件事上，她又見識了丈夫的倔脾氣，這是她多年來無法習慣的。他擔心當上皇家顧問後就無事可做了。他跟她說，一鳥在手勝過二鳥在林，但她反駁說，諺語是不求上進者最後的避難所。他提醒她，那樣他的收入可能減半，他知道，再沒別的話比這更有分量讓她閉嘴。但她還是不聽。她罵他懦弱。她不讓他安寧，最後，他像往常一樣讓步了。他申請擔任皇家律師，很快就被批准了。

他的顧慮不無道理。擔任首席律師後，他的事業沒有任何進展，接的案子也很少。

但他隱瞞了他的失望，如果說責怪妻子，那也是在心裡。他似乎變得更沉默了，不過在家裡他一向如此，誰也沒發現他有什麼變化。他的女兒向來都只把他當經濟來源：他就該做牛做馬，為她們提供食宿、衣服、假期和零用錢，一切再自然不過。現在，她們覺得，是他的過錯導致進帳不多，對他一貫的冷漠又多了一層憤怒的蔑視。她們從來不捫心自問，這個順從的小男人心裡怎麼想的。他早早出門，晚上回家換了衣服又該吃飯。對她們來說，他是個陌生人。但因為他是她們的父親，她們理所當然地認為，他就該愛她們疼她們。

8

過去的社交季

不過，賈斯汀太太有一種勇氣，這實在令人欽佩：她不讓自己社交圈子裡的任何人看出，她因希望落空有多麼無奈；這圈子可是她的整個世界。她的生活方式絲毫未變。她精心籌畫，能弄出和從前一樣華麗的盛宴，而且帶著久已養成的愉悅心情和朋友會面。她有一堆流言蜚語，她的圈子以此作為話題。在很難閒聊起來的人之中，她是健談的客人，因為她從不會對時下的話題感到茫然，她能立即融入，以適當的言語打破沉默的尷尬。

現在看來，伯納德．賈斯汀不可能成為高等法院的法官，但他或許仍有希望當個法院法官，最差也能被任命去殖民地當差。這時，她很高興看到他當上了威爾斯一個城鎮的刑事法院法官。但是她已把希望寄託在了女兒身上。她想把她們的婚姻安排妥當，以此彌補她事業上的所有失望。兩個女兒，凱蒂和多莉絲。多莉絲其貌不揚，鼻子很長，身材粗壯。賈斯汀太太覺得，她能嫁一個家境富裕、有正當職業的年輕人就不錯了。

但凱蒂長得美。這在她小時候就能看出來：一雙水汪汪的大眼睛，清澈、活潑，棕色的鬈髮微微泛著紅光，牙齒精緻，皮膚細膩。她的五官並不算漂亮，下巴太方，鼻子也大，但沒多莉絲那麼長。她的美麗很大程度上是因為年輕，賈斯汀太太認為，她必須在春情萌動時嫁人。當她出現時，她如此耀眼：皮膚依然是她的至美，長長的睫毛下一對眼眸星光閃爍，柔情似水，不禁讓人心中一顫，出神地凝視。她渾身散發著迷人的歡樂，以及取悅他人的欲望。賈斯汀太太把所有的愛都給了她，那種嚴厲、稱職而又精明的感情正是她擅長的。她的夢野心勃勃，她要為女兒爭取的不是幸福的婚姻，而是輝煌的婚姻。

凱蒂從小就知道自己會成為一個漂亮女人，她甚至覺察出母親的野心。這也符合她個人的願望。自從她脫穎而出，賈斯汀太太便四處招搖，讓自己應邀參加各種舞會，使女兒有機會遇到合適的男人。凱蒂很成功。她既可愛又漂亮，很快就有十幾個男人愛上了她。儘管沒有一個合適的，但凱蒂對所有人都柔情蜜意，以禮相待，小心翼翼不委身任何一個。每個星期天下午，南肯辛頓的那間客廳總是擠滿了前來示愛的年輕人，但賈斯汀太太臉上帶著讚許的冷笑，不費吹灰之力就能讓他們和凱蒂保持距離。凱蒂有意和他們打情罵俏，從中周旋，但當他們一個個向她求婚時，她便機智而又果斷地拒絕了。

她的第一個社交季過去了，完美的求婚者沒有出現。第二年也是如此。但她還小，可以再等。賈斯汀太太對朋友說，女孩不到二十一歲就結婚太可惜。但第三年過去，很快又是第四年。兩三個從前的仰慕者又來求婚，但他們仍然一貧如洗。有一兩個比她小的年輕人來求婚，還有個退休的印度文官，得過帝國勛章，但他都五十三了。凱蒂繼續參加各種舞會，她去溫布頓和洛茲板球場，去阿斯科特賽馬場和亨利賽船會，她玩得盡興，但還是沒有一個有錢有勢的人向她求婚。賈斯汀太太開始感到不安，她注意到，凱蒂吸引的只有四十歲以上的男人了。她提醒她，再過一兩年她就沒那麼漂亮了，年輕女孩可是隨時都會蹦出來。賈斯汀太太在家庭生活圈裡總是直言不諱，她刻薄地警告女兒，她就要錯過行情了。

凱蒂聳了聳肩。她覺得自己依然漂亮，甚至更漂亮了，因為四年來她學會了穿衣打扮，而且，她有的是時間。如果只為結婚而結婚，會有十幾個小夥子送上門的。合適的男人早晚會出現。但是，賈斯汀太太對事情的判斷更為精明，漂亮女兒頻頻錯過機會讓她憤怒不已，她只好把標準稍微降低，又回頭注意那些曾讓她傲慢不屑的職業，四處打聽年輕的律師或商人，他們的前途讓她放心。

凱蒂二十五歲還沒結婚，賈斯汀太太十分生氣，常常毫不猶豫地數落凱蒂，質問她還打算讓父親養多久。為了讓她攀上高枝，父親花了花不起的錢，但她卻沒抓住機會。賈斯汀太太從沒想過，或許是她那直來直去的殷勤嚇跑了所有人，她總是過於熱情地慫恿有錢有勢人家的孩子來登門。她覺得凱蒂的失敗相當愚蠢。然後，多莉絲出現了。她的鼻子還是那麼長，一副醜樣，舞也跳不好。在她的第一個社交季，她就和傑佛瑞．丹尼森訂了婚，一位富有的外科醫生的獨子，戰爭期間被授予準男爵爵位。傑佛瑞會繼承一個爵位——從醫獲得的準男爵沒什麼了不起，但是，謝天謝地，爵位總歸是爵位——一筆可觀的財富。

就這樣，凱蒂匆匆嫁給了沃爾特．費恩。

9

初遇沃爾特

她認識他時間不久，也從未注意過他。她想不起他們第一次見面的時間地點，直到訂婚後他說，是在一次舞會上，幾個朋友帶他去的。她當然沒有留意他，如果她和他跳過舞，也是因為她待人親切，來者不拒。一兩天後，在另一次舞會上他和她搭話，她完全不記得他叫什麼。然後她察覺到，每次她參加的舞會他都在。

「喂，我至少和你跳過十次舞了，總該告訴我你的名字吧。」終於，她像往常一樣笑著說。

很顯然，他大吃一驚。

「你是說，你不知道我的名字？已經有人介紹過了啊。」

「哦，但他們總是說得不清不楚。如果你根本不知道我的名字，一點都不奇怪。」

他微笑地看著她。他的臉很嚴肅，甚至有點固執，但笑容甜美。

「我當然知道了。」沉默了一會兒他說，然後問，「你就不好奇嗎？」

「和大多數女人一樣。」

「你沒想過，去問別人我叫什麼？」

她覺得有點好笑，心想他為何認為她會有這種興趣。但是她喜歡取悅別人，於是用她那雙迷人的笑眼看著他，如同林蔭間的一潭露水，柔情萬種。

「好吧，你叫什麼？」

「沃爾特．費恩。」

她不明白，他為什麼來跳舞，他跳得不好，而且好像也不認識誰。她忽然覺得，他是愛上了她，但隨即聳了聳肩，不以為然。她明白，女孩總以為，她遇到的每個男人都愛上了自己，真是可笑至極。但她還是對沃爾特．費恩多了些留意，感覺他的表現和那些愛上她的年輕人完全不同。他們都很坦率，都想吻她，很多人也這麼做了。但沃爾特．費恩從不要她怎樣，也很少談論自己。他很沉默，她並不介意，因為她有很多話要說，看到自己說了好笑的話逗得他大笑，她也很高興。但他說起話來並不傻，顯然生性靦腆。好像他住在東方，現在回來休假。

一個星期天下午，他出現在南肯辛頓凱蒂家裡。當時有十幾個人，他坐了會兒，有點不自在就走了。後來，母親問他是誰。

「我也不知道。是你請他來的？」

「對，我在巴德雷家見過他。他說在好幾次舞會上都見過你。我說，我每個星期天都在家辦聚會。」

「他叫費恩，在東方找了份工作。」

「對，是個醫生。他愛上你了？」

「我發誓，我不知道！」

「我還以為，現在你總該知道有個年輕人愛上你了。」

「就算他愛上我，我也不會嫁給他。」凱蒂滿不在乎地說。

賈斯汀太太沒有搭話，她的沉默裡滿是不悅。凱蒂臉紅了，她知道母親已經不在乎她跟誰結婚，只要能脫手就行。

10 凱蒂的處境

接下來的一個星期，她又在三場舞會上遇見了他。他似乎少了些靦腆，變得善於交際了。的確，他是個醫生，但還沒有行醫；這位細菌學家（凱蒂對此只有非常模糊的認識），在香港有份工作，秋天就要回去。他說了很多中國的事。通常，她對別人的話都是裝出一副很感興趣的樣子，但香港的生活聽起來確實很有趣，那裡有俱樂部、網球、賽馬、馬球和高爾夫。

「那裡的人常常跳舞嗎？」

「哦，對，我想是的。」

她心想，他跟她說這些有什麼動機。他似乎很喜歡她的圈子，但他從未用一個動作、一個眼神或一句話來暗示，他不只把她當作一個見見面、跳跳舞的女孩子。第二個星期天，他又來了。碰巧她父親進門，下雨了，他沒能去打高爾夫，便和沃爾特·

費恩聊了很久。後來，她問父親，他們談了些什麼。

「看來他常駐香港。那裡的大法官是我的老朋友。他應該是個非常聰明的年輕人。」

她知道父親覺得這些年輕人很煩，因為多年來為了她，現在又為她妹妹，不得不去招待他們。

「你很少喜歡那些追我的年輕人，爸爸。」她說。

他用那雙慈祥而又疲憊的眼睛注視著她。

「你打算嫁給他嗎？」

「當然沒有。」

「是不是他愛上你了？」

「沒表示過。」

「那你喜歡他嗎？」

「不怎麼喜歡。有點受不了他。」

他根本不是她喜歡的類型。他身材矮小，也不健壯，瘦弱單薄，皮膚發黑，臉刮得乾淨，五官普通，輪廓分明。他的眼睛幾乎是黑色的，但不是很大，目光呆滯，落在什麼上面就死死盯住，一雙眼充滿好奇，但不太好看。他的鼻子筆直纖細，眉目清秀，嘴巴端正，這些本該很漂亮，但令人驚訝的是偏偏不是。當凱蒂開始研究他時才吃驚地發現，他的五官分開看非常好看。他的表情略顯譏諷，現在，當凱蒂對他有了更多的瞭解，便發現跟他相處很不自在。他不能讓人覺得快樂。

社交季結束時，他們已經見了很多次面，但他依然像從前那樣冷淡，讓人難以捉摸。在她面前，他並不十分靦腆，只是顯得局促不安，說起話來出奇地沒有人情味。凱蒂得出結論：他一點也不愛她。他是喜歡她，覺得和她說話很輕鬆，等他十一月回到中國，也就把她忘光了。她覺得，他完全有可能早就跟香港某家醫院的護士訂了婚，也許是位牧師的女兒，遲鈍、平凡、笨手笨腳、勁頭十足，做他的妻子正合適。

這時，多莉絲和傑佛瑞．丹尼森宣布訂婚。多莉絲剛滿十八就找到了意中人，而她都二十五歲了，卻還孤身一人。要是一輩子嫁不出去怎麼辦？那個社交季，唯一向她求婚的是個還在牛津上學的二十歲年輕人，但她不能嫁給一個小她五歲的人。她把事情全搞砸了。去年，她拒絕了一位喪偶的、有三個孩子的巴斯騎士，非常後悔。母親一定變得更可怕了。而多莉絲，多莉絲總是為她犧牲，只因母親盼著凱蒂能攀上高枝，這下不幸災樂禍才怪呢。凱蒂沮喪極了。

11

公園裡的求婚

但是有天下午，當她從哈洛德百貨公司往回走時，碰巧在布朗普頓遇到沃爾特．費恩。他停下來和她說話，然後無意中問她，想不想去公園走走。她當時不是特別想回家，那時候，家已經不是好待的地方。他們閒逛著，像往常一樣聊天，他問她，夏天去哪裡度假。

「哦，我們總是隱居在鄉下。你知道，父親工作一段時間總是筋疲力盡，我們就找個特別安靜的地方。」

凱蒂這話聽起來不假，因為她很清楚，父親並沒有忙得疲憊不堪，就算真那樣，他也從不徵求別人的意見，商量去哪裡。不過，安靜的地方就是便宜的地方。

「你不覺得那些椅子很漂亮嗎？」沃爾特突然說。

順著他的目光，她看見草地上的一棵樹下有兩把綠色的椅子。

「我們過去坐吧。」她說。

但等他們坐下，他似乎變得特別不安。真是個怪人。不過，她還是開心地聊這聊那，心想，他為什麼請她到公園來。也許，他想談談他對那個笨手笨腳的香港護士的熱情吧。突然，他轉向她，打斷她的話，讓她完全看出，他根本沒聽她在說什麼。他臉色蒼白。

「我想跟你說一件事。」

她飛快地看了他一眼，只見他眼裡滿是焦慮和痛苦，他的聲音緊張、低沉、顫抖。她還沒思量他這麼激動是什麼意思，他又開口了。

「我想問你，願不願意嫁給我。」

「你可嚇壞我了。」她回答，驚訝得一臉茫然，直直地看著他。

「難道你不知道，我真的很愛你嗎？」

「但你從來沒有表示過。」

「我很笨。我總覺得，想說的話很難出口。」

她心跳加快。以前不少人向她求婚，但都是滿臉喜悅或者飽含深情，她都以同樣的態度回應。還從來沒人這麼突兀、怪異、可憐兮兮地向她求婚。

「你真好。」她猶豫不決地說。

「第一次見面我就愛上你了。以前我想問你，但一直開不了口。」

「我不確定這合不合適。」她笑著說。

她難得開心地笑一笑，因為那天天氣晴朗，周圍的空氣突然變得濃重，似乎充滿了不祥之感。他愁眉不展。

「哦，你知道我的意思，我不想失去希望。但現在你要走了，秋天我就得回中國。」

「我還從沒有這麼想過你。」她無奈地說。

他什麼也沒說，悶悶不樂地低頭看著草地。真是個古怪的傢伙。但是現在，他已表白了，她神祕地感覺到，他的愛是她從未遇到過的。她有點害怕，也很高興。他的平靜似乎很感人。

「你得給我時間考慮。」

他一言不發，一動不動。難道他想讓她待在這裡，直到做出決定嗎？太荒唐了，她必須和母親商量一下。她真該在說剛才那話時起身，她不過是想等等，聽他怎麼回答，但現在，不知為什麼，她發現自己動不了了。她沒看他，但意識到他的神態。她從沒想過，居然會嫁給一個只比自己高一點點的男人。你坐在他身邊的時候，會發現他的五官真的好看。他的臉色陰冷。奇怪的是，你又情不自禁地意識到，他心中那股強烈的激情。

「我不瞭解你，我根本不瞭解你。」她聲音顫抖地說。

他看了她一眼，她感覺自己的眼睛被吸引住了。他的雙眼飽含一種她從未見過的溫柔；但裡面也有某種懇求，就像被鞭打過的狗一樣，這讓她有點惱火。

「交往下去，也許你就會覺得我還不錯。」他說。

「當然，你很害羞，不是嗎？」

毫無疑問，這是她遇過最奇怪的求婚。即使現在她也覺得，當時相互說的話，在那種場合是最不該說的。她一點也不愛他，但不知為什麼，卻沒有立刻拒絕他。

「我很笨，」他說，「我想告訴你，我愛你超過世上的一切，但很難開口。」

現在就更奇怪了，因為這話莫名其妙打動了她；他並不是真的冷漠，當然是他的那種方式不好罷了。此刻，她覺得自己比以前更喜歡他了。多莉絲十一月要結婚。那時他應該在回中國的路上，如果嫁給他，她就會和他在一起。在多莉絲的婚禮上當伴娘可不好。她很樂意一走了之。到那時，多莉絲已經結婚，而她自己卻是單身！誰都知道多莉絲有多年輕，這會讓她看起來更老、更沒人要了。對她來說，這不算美滿的姻緣，但總算是結了婚，事實上，去中國生活也會讓事情變得更容易。她害怕母親的尖酸刻薄。和她同時進入社交圈的女孩早就結婚了，而且大多數都有了孩子。她討厭去見她們，聽她們嘮叨孩子的事。沃爾特．費恩給了她新的生活。她扭頭對他笑了笑，很清楚這微笑有什麼效果。

「如果我輕率地答應嫁給你，你什麼時候能和我結婚？」

他興奮得猛吸了口氣，蒼白的臉突然紅了。

「現在。馬上。盡快。我們去義大利度蜜月。八月和九月。」

如此一來，她就不用去鄉村牧師住宅度假了，每週花五基尼，和父母住一起。一瞬間，她腦海中浮現出倫敦《晨報》上刊登的公告：新郎即將返回東方，婚禮馬上舉行。

她很瞭解母親，她一定大講排場；至少會讓多莉絲暫居幕後。等多莉絲大辦婚禮時，她早已遠走高飛了。

她伸出一隻手。

「我想，我很喜歡你。你必須給我時間，讓我熟悉你。」

「這麼說你答應了？」他打斷她。

「我想是的。」

12

她對他知之不多

那時，她對他瞭解很少，如今，儘管他們結婚將近兩年，她對他依然知之不多。起初，她被他的好意所打動，為他的激情而吃驚；他體貼入微，呵護備至，只要她略有所示，他便大獻殷勤，盡力滿足。他不停地送她小禮物。當她偶有不適，沒有人比他更加體貼周到。當她給他機會去做一件她懶得做的事，那就似乎是對他的恩典。他總是彬彬有禮。她走進房間時，他會站起身來；他會伸手扶她下車；如果在街上遇見她，他會脫帽致意；她離開房間時，他會殷勤地為她開門；他從不未敲門就進她的臥室或起居室。他不像凱蒂見的大多數男人對待妻子那樣，就好像她是鄉間別墅來的一位客人。這令人愉快，卻有點滑稽。如果他隨意一點，她會覺得和他在一起更自在。他們的婚姻並沒有拉近兩人的距離。他總是那麼激情、狂熱，甚至有點歇斯底里、多愁善感。

她不安地發現，他實際上非常情緒化。她搞不清楚，他的自制力是因為害羞還是長期的訓練。當她躺在他懷裡、他的欲望得到滿足時，這個如此羞怯、說著荒唐話的人，如此害怕自己顯得荒唐的人，竟用那種對嬰兒的口氣說話，這讓她有些難堪。有一次，她深深地冒犯了他，嘲笑著告訴他，他說的都是糟糕透頂的廢話。她感覺摟著她的手臂鬆了，他沉默了一會兒，然後一言不發地放開她，進了自己的房間。她不想傷他的感情，一兩天後對他說：

「你這個老糊塗，我並不介意你跟我說那樣的廢話。」

他害羞地笑了笑。她很快發現，他有一個不幸的缺陷，無法做到忘我。他過於注意自己的表現了。聚會上大家唱歌時，沃爾特從來不參與。他只是坐在一邊笑著，表示他很高興，但他的笑容很勉強，更像是諷刺的傻笑，讓你不由覺得，在他眼裡所有人都是傻瓜。讓凱蒂興奮異常的圓桌遊戲，他也不參加。在去中國的旅途中，他拒絕像別人一樣穿上化裝舞會般的中國服裝。很顯然，他覺得這些都太無聊。這讓她十分掃興。

凱蒂生性活潑。她樂意整天喋喋不休，笑個不停。他的沉默讓她不安。對她不經意說出的話，他總是不回答，這讓她特別惱火。那種話確實不需要回答，但回答了總會令人愉快。如果下雨了，她說：「下大雨了。」她希望他說：「是啊，可不是！」但他一言不發。有時她真想搖搖他。

「我說，下大雨了。」她重複道。

「我聽見了。」他回答，臉上帶著深情的微笑。

這表明，他不想惹她生氣。他不說話，是因為他無話可說。可是，凱蒂嫣然一笑，心想，如果人人都在有話可說時才說話，人類很快就會喪失語言能力。

13

沃爾特過於沉默

事實是，他當然沒有魅力。所以他不受歡迎，這一點，她到香港沒多久就發現了。她對他的工作依然不瞭解。但很清楚，作為政府的細菌學家沒什麼了不起，知道這個已經足夠。他似乎不願和她討論工作這部分。一開始，她對他的工作各個方面都很感興趣，什麼都問。但他總是開個玩笑應付過去。

「非常枯燥，過於技術。」在另一個場合他說，「而且薪水太低。」

他很沉默。她所知的他祖先的事、他的出身以及他受的教育還有和她認識前的生活，都是她直接問出來的。很奇怪，唯一會惹火他的似乎就是問他問題；但她天性好奇，連珠炮一樣地向他提問，結果他的回答一個比一個生硬。但她聰明地看出，他並非想瞞她什麼，僅僅是出於天性的私密。談論自己讓他厭煩，讓他害羞，很不自在。他不知道如何敞開心扉。他喜歡看書，但那些書對凱蒂來說似乎很乏味。如果不是忙於寫科學論文，他就去讀有關中國的書或者歷史著作。他從不放鬆。她覺得他根本做不到。他喜歡競技、打網球和橋牌。

她納悶，他怎麼會愛上自己。她想不出，還有誰比她更不適合這個拘謹、冷淡、自制的人。然而，他的確瘋狂地愛著她。他願意做任何事情來取悅她。他就像她手中的蠟，任她擺布。但是，當她想到他展示給她的只有她能看到的那一面，便有點鄙視他。她懷疑他那譏諷的態度，對她所喜歡的許多人和事抱著輕蔑和容忍，不過是用來掩蓋內心虛弱的一個幌子。她覺得他很聰明，大家似乎也都這麼認為，但除了偶爾他和兩三個他喜歡的人在一起心情還不錯外，她從沒見他高興過。他並沒讓她感到厭煩，只是讓她無動於衷。

14 初遇湯森

雖然凱蒂在多場茶會上見過查理．湯森的妻子，但在來香港幾個星期後，她才見到他本人。她跟丈夫去他家吃飯時被介紹給他。凱蒂心存戒備。查理．湯森是香港助理輔政司，她不想讓他利用自己來屈尊紆貴，儘管湯森太太彬彬有禮，但這一點她還是在對方身上看得十分清楚。接待他們的房間很寬敞。屋中的家具和她在香港去過的其他客廳一樣，舒適而又質樸。這是一場盛大的聚會。他們是最後到的，進門時，穿著制服的中國僕人正在為客人送上雞尾酒和橄欖酒。湯森太太漫不經心地跟他們打招呼，看了看名單，告訴沃爾特要帶哪位客人一起進餐。

凱蒂看見一位高大而又英俊的男人朝他們走來。

「這是我丈夫。」

「很榮幸坐在你們旁邊。」他說。

她立刻感到很自在，心中的敵意瞬間消失了。雖然他眼含笑意，但她還是從中看到倏然閃過的驚訝。她完全明白那是什麼意思，很清楚其中的寓意，這讓她差點笑出聲來。

「我什麼也吃不下了，」他說，「哪怕我知道，桃樂西的晚餐好得不得了。」

「為什麼吃不下？」

「應該有人通知我。真該有人事先提醒我。」

「提醒什麼？」

「沒人提一個字。我怎麼知道會遇到一位絕世美人？」

「這話我該怎麼接呢？」

「什麼也別說，把說話的事交給我，我會一遍一遍地說。」

凱蒂不為所動，真不知道他妻子到底怎麼跟他說自己的，他一定問過。湯森低頭笑著，看著她，突然想起來了。

「她長什麼樣？」他妻子告訴他遇見費恩醫生的新娘時，他這麼問過。

「哦，真是個漂亮的小尤物。跟演員一樣。」

「她登臺表演過嗎？」

「哦，不，我想沒有。她父親是醫生或律師什麼的。我看我們得請他們吃頓飯。」

「這不著急，是吧？」

當他們並排坐在餐桌邊，他告訴她，他在沃爾特．費恩剛來香港時就認識他了。

「我們一起打橋牌。他絕對是俱樂部裡最棒的橋牌手。」

回家的路上，她對沃爾特說了這些。

「這說明不了什麼，你知道。」

「他打得怎樣？」

「還不錯。要是一手好牌，就打得很好。但要是一手壞牌，就一敗塗地。」

「他打得和你一樣好？」

「我對自己的牌技不抱任何幻想。在二級玩家裡，我應該還不錯。湯森認為他算是一流的。其實不是。」

「你不喜歡他？」

「既不喜歡也不討厭。我相信他工作做得不錯，大家都說他是個很好的運動員。我對他不太感興趣。」

沃爾特不溫不火的態度激怒了她，這已經不是第一次了。她心想，何必這麼謹慎，你要嘛喜歡，要嘛不喜歡。她很喜歡查理．湯森，根本沒有料到。他可能是香港最受歡迎的人。據說香港輔政司很快會退休，大家都希望湯森接任。他打網球、馬球和高爾夫。還養了幾匹小賽馬。他總是樂善好施，從不讓繁文縟節妨礙他。他不擺架子。凱蒂不知道自己以前為什麼討厭聽人說他好話，大概她覺得他一定很自負。她太蠢了，他最不該指責的就是這一點。

那晚，她過得很開心。他們談到倫敦的劇院，阿斯科特賽馬會和考斯賽艇會，只要是她知道的，無所不聊，所以，她真有可能在倫諾克斯花園某個漂亮的房子裡見過他。後來，當男客飯後去了客廳，他又晃過來，坐在她身邊。雖然他沒說什麼好笑的話，但還是讓她大笑起來，這肯定是因為他說話的神態：他深沉、渾厚的嗓音帶著愛撫，他親切、明亮的藍眼睛流露出愉悅。這些都讓你覺得跟他在一起十分自在。他魅力十足，自然討人喜歡。

他個子很高，至少有六英尺二英寸，她想，外形俊朗，身材很好，沒有一絲贅肉。他衣冠楚楚，房間裡就他衣著得體，最會打扮。她喜歡衣著講究的男人。她的目光又轉向沃爾特：他真該打扮一下。她注意到湯森的袖扣和背心鈕扣，在卡地亞珠寶店她見過類似的。湯森家自然收入不菲。他的臉曬得黝黑，但陽光並沒抹去他的健康膚色。她喜歡他那修長而又鬈曲的小鬍子，正好沒有遮住他豐滿紅潤的嘴唇。他一頭黑髮，很短但梳得光滑。當然，最好看的還是他濃眉下的那雙眼睛：它們如此之藍，滿含溫柔的笑意，讓你深信他的性格有多討人喜歡。擁有這樣一雙藍眼睛的人，絕不會忍心傷害任何人。

她不禁想，自己肯定給他留下了深刻的印象。即使他沒有對她說什麼甜言蜜語，但那雙含情脈脈的眼睛早就背叛了他。他氣定神閒，令人愉快。他不做作。這讓凱蒂無拘無束，她很欣賞他在調侃中時不時地、旁敲側擊地說一句漂亮的恭維話。當她離開時和他握手，他用力一握，讓她感覺沒有弄錯。

「希望我們能很快再見到你。」他漫不經心地說，但那眼神明顯話中有話，她不可能看不出來。

「香港很小，不是嗎？」她說。

15 愛情的滋味

誰能想到，才三個月，他們就發展成這種關係？後來，他告訴她，第一次見面的那個晚上他就瘋狂愛上了她。她是他見過最美的女人。他還記得她當時穿的衣服，那是她的結婚禮服，他說她看起來就像一朵山中的百合花。在他表白之前，她就知道他愛上了她，她有點害怕，和他保持著距離。他很衝動，這就麻煩了。她不敢讓他吻她，因為一想到他摟著她，她的心就怦怦直跳。她還從沒有戀愛過，這太奇妙了。現在，她知道了什麼是愛，突然同情起她丈夫給她的愛來。她開玩笑戲弄他，竟然發現他很喜歡。過去，她也許有點怕他，但現在她更有信心了。她取笑他，看著他樂在其中時臉上慢慢浮現的笑容，她就覺得很傻。他既驚訝又高興。她想，總有一天他會變得富有人情味。現在，她多少懂得了愛情，這讓她轉而細細撩撥他的感情，就像一個豎琴演奏者用他的手指撥弄琴弦。看到他被自己弄得糊裡糊塗、暈頭轉向，她就大笑起來。

自從查理成了她的情人，她和沃爾特的關係似乎就越來越荒謬。一見他那麼嚴肅、克制，她就忍不住大笑。她太高興了，甚至感覺不到這樣對他不公。要不是他，她永遠也不會認識查理。她猶豫了一段時間後才邁出最後一步，不是因為她不想屈服於查理的激情，她的激情和他不相上下，而是因為她的教養和所有的道德戒律讓她畏縮不前。後來，她很驚訝（最終的行動出於偶然，他們兩個誰都沒有發現機會，直到它赫然擺在眼前），她發現自己的感覺和以前一樣。她原以為，這會給她帶來某種奇妙的變化，讓她說不清道不明，覺得好像變了個人；當她偶然在鏡子裡看見自己，卻困惑地發現，她還是前一天的那個女人。

「你生我氣嗎？」他問她。

「我非常愛你。」她低聲說。

「你不覺得，浪費這麼多時間很傻嗎？」

「真是個大傻瓜。」

16

幸福與崇拜

她的幸福，有時幾乎讓她無法承受，卻也恢復了她的美貌。結婚前她便開始失去最初的活力，讓她看起來疲憊不堪。刻薄的人說她已經凋敝，一個二十五歲的女子，和同齡的已婚婦女完全兩樣。她就像一朵玫瑰花蕾，花瓣的邊緣開始泛黃，突然卻變成了盛開的花朵。她閃閃發亮的眼睛更加柔情似水；她的肌膚（這一直最讓她驕傲，也倍加呵護）光彩照人，不是宛若鮮花桃李，反之是它們要與它爭相媲美。看起來，她又回到了十八歲。熱情洋溢、楚楚動人，堪稱登峰造極。這無法不讓人議論，她的女伴悄悄地好心問她，是不是要生孩子了。那些冷漠的人，曾說她不過是個長著一隻長鼻子的漂亮女人，現在承認看錯了。她就是查理第一次見到她時所說的：絕世美人。

他們巧妙地安排兩人的私通。他對她說，自己腰背寬闊經得起議論（「我可不讓你炫耀身材，」她輕輕打斷他），這種事他不在乎。但為她著想，他們不能冒一點風險。

他們不能經常幽會，對他來說次數太少了，但他不得不為她考慮，有時是在骨董店，偶爾在她的房間，午飯後周圍沒人時。但她經常能在各種場合見到他。看到他一本正經地和自己說話，像平常對待任何人那樣快活，她就覺得十分好笑。聽著他幽默地和她說笑，誰能想到，幾天前他正情意綿綿地把她摟在懷裡？

她崇拜他。打球時他穿著長筒馬靴、白色馬褲，衣冠楚楚。一身網球服，看起來像個年輕人。他當然為自己的身材感到驕傲，那是她見過最棒的，他煞費苦心保持著。他從不吃麵包、馬鈴薯或黃油。他經常大量運動。她喜歡他那樣保養雙手，每週修一次指甲。他是個傑出的運動員，一年前得過本地網球錦標賽冠軍。當然，他還是她遇到過的最好舞者，和他跳舞如入夢境。沒人會覺得他四十歲了。她對他說，簡直無法相信。

「真是虛張聲勢，實際上，你也就二十五歲。」

他笑了。這話讓他開心。

「哦，親愛的，我有個十五歲的兒子。我是個中年紳士。再過兩三年，我也會變成肥胖的老頭子。」

「一百歲了你也一樣可愛。」

她喜歡他濃密而黝黑的眉毛。她尋思，正是那雙眉毛讓他的藍眼睛顯出一種不安的神情。

他多才多藝：鋼琴彈得很好，當然是彈散拍音樂；聲音洪亮、幽默，能唱令人發笑的喜劇歌曲。她相信，沒有什麼事情他做不來。工作上他也精明過人，他們一起分享快樂，他告訴她，自己完成了一項很困難的工作，總督特別向他表示祝賀。

「話雖這麼說，」他笑著，含情脈脈地看著她，「但部裡真沒哪個傢伙比我做得更好。」

唉，她多希望自己是他的妻子，而不是沃爾特的妻子！

17 凱蒂想和湯森結婚

當然，現在還不確定沃爾特是否知道真相，如果他不知道，最好還是別沒事找事；如果他知道了，好吧，這對他們三個來說再好不過。一開始，她即便不滿意，也只能逆來順受，偷偷摸摸去見查理。但時間長了，她便按捺不住內心的激情澎湃，對阻止他們廝守的障礙越來越不耐煩。他多次對她說，他詛咒自己的處境，讓他不得不如此謹慎，詛咒束縛他的繩索，還有束縛她的繩索。他說，如果他倆都完全自由，那該多好啊！她明白他的觀點；誰也不想鬧出醜聞，在改變你的生活之前，你必須深思熟慮；但如果自由突然降臨在他們身上，啊，那樣的話，一切都會變得多麼簡單！

似乎沒有誰會太痛苦。她很清楚他和他妻子的關係，那是個冷漠的女人，多年來，他們之間已經沒有感情可言。是習慣將他們捆在一起，還有便利，當然還有孩子。而她的情況要複雜些：沃爾特很愛她。但說到底，他對工作也很投入，何況男人總要去他的俱樂部。一開始他可能會心煩意亂，但一定能克服。他沒有理由不再娶別人。查理對她說，自己怎麼也想不出，她為什麼會隨便嫁給沃爾特．費恩。

她有些疑惑，又覺得好笑，為什麼剛才還膽戰心驚，生怕沃爾特抓到他們。當然，看到門把手慢慢轉動確實讓人害怕。但是，他們知道沃爾特最壞能做出什麼事，他們畢竟早有準備。世上最讓他們兩個渴望的事要是這樣降臨在他們頭上，查理和她會一樣感到如釋重負。

說句公道話，沃爾特是位紳士，她願意承認這一點，而且他也愛她。他會做出正確的選擇，允許她和他離婚。他們犯了錯，幸好發現得不算晚。她打定主意，要怎麼對他說，如何對待他。她會很和氣，面帶微笑，但態度堅定。他們沒必要吵架。以後，她還是會高高興興地見他。她真心希望，他們在一起的兩年，能成為一段極其珍貴的回憶，留在他心間。

「我看，桃樂西．湯森肯定不會介意和查理離婚的。」她想。「現在，她最小的兒子要回英國，那她一起回去再好不過。在香港，她完全無事可做。所有的假期，她都可以和孩子一起度過。再說，她的父母也在英國。」

事情會非常簡單，一切都能妥善處理，沒有醜聞，也不傷感情。然後她就和查理結婚。凱蒂長吁了一口氣。他們會非常幸福的。為了達到這一目的，經歷些麻煩很值得。一幅幅畫面混亂地交織在一起，呈現在她眼前。她想到他們會一起生活，他們共同的樂趣，他們小小的旅行，他們住的房子，他會升到什麼職位，她要給予什麼幫助。

他會為她感到驕傲，而她，她也會更加崇拜他。

但在所有這些白日夢裡，彌漫著一股恐懼的暗流，讓人難以理解，彷彿管弦樂隊的木管和琴弦在演奏田園牧歌般的旋律，而在低音鼓聲中，卻輕輕敲打著陰森的音符，帶著不祥之感。沃爾特早晚會回到家裡，一想到要見他，她的心就跳個不停。奇怪的是，那天下午他一言不發就走了。她當然不怕他，畢竟，他不能怎麼樣。她反覆地自言自語，但無法完全消除內心的不安。她又重複了一遍要對他說的話。大吵大鬧有什麼好處？她很對不起他，天知道她不想給他帶來痛苦，但如果她不愛他，她就無能為力了。假裝沒有用，還不如實話實說好。她希望他不會不高興，但既然他們已經犯了錯，唯一明智的做法就是承認這一點。她會一直記著他的好。

但就在她這麼自言自語時，一股突如其來的恐懼讓她手心冒汗。因為害怕，她變得氣憤。如果要大吵大鬧，那是他的事；如果鬧得不可收拾，他可不要感到驚訝。她會告訴他，她從來沒愛過他，結婚以來沒一天不後悔。他很無聊，唉，真讓人厭煩，厭煩，厭煩！他覺得自己高人一等，這很可笑；他毫無幽默感；她討厭他傲慢的神情，他的冷漠，他的自制。當一個人對任何事情、任何人都毫無興趣時，自以為是、自制就很容易。他令人厭惡。她不願讓他吻她。他有什麼好驕傲的？他舞跳得很爛，聚會上只能讓人掃興，不會彈也不會唱，不會打馬球，網球也沒贏過任何人。橋牌？誰在乎橋牌？

凱蒂越想越激動，怒不可遏。看他敢不敢責備她。發生的一切全是他的錯。謝天謝地，他終於知道真相了。她恨他，希望別再見到他。對，她很慶幸一切都結束了。為什麼他還不放開她？他纏著她嫁給他，現在她受夠了。

「受夠了，」她氣得發抖，大聲重複，「受夠了！受夠了！」

她聽見汽車停在他們的花園門口。他正在上樓。

18

試探

他走進房間。她的心狂跳不已，兩手發抖，幸好是躺在沙發上。她拿著一本打開的書，好像正在讀。他在門口站了片刻，他們的目光相遇了。她的心猛一沉，突然感到一股寒意掠過四肢，猛地顫抖了一下。她有一種感覺，就像大家常說的：有人踩在你的墳墓上。他臉色煞白。這種表情她以前見過，那是他們一起坐在公園裡，他向她求婚。他那深色的眼睛一動不動，難以捉摸，看起來出奇的大。他全知道了。

「你回來得早。」她說。

她的嘴唇顫抖著，幾乎說不清話。她嚇壞了，生怕自己會暈倒。

「跟平常差不多吧。」

他的聲音聽起來很奇怪。最後一個字微微上揚，讓他的話顯得隨意，但這是裝的。

她不知道，他是否看出自己渾身發抖。她強忍著才沒有尖叫。他垂下眼簾。

「我去換衣服。」

他離開了房間。她幾乎崩潰。兩三分鐘動彈不得。但最後，還是從沙發上吃力地站起來，彷彿大病初癒，身子還很虛弱，勉強站住了腳。她不知道自己的腿能否支撐住，扶著椅子和桌子慢慢移到走廊上，然後一隻手扶著牆，走回她的房間。她穿上茶會時的衣服，回到客廳（他們只在聚會時用），他正站在桌邊看《素描週刊》上的照片。她不得不勉強走了進去。

「我們下去？晚餐準備好了。」

「我沒讓你久等吧？」

可怕的是，她的嘴唇顫抖著，根本控制不住。

他打算什麼時候攤牌呢？

他們坐了下來，沉默了一會兒。然後他說了句話，平淡無奇，卻有一種不祥的氣息。

「『皇后號』今天沒有到港，」他說，「不知道是不是被暴風耽誤了。」

「是預計今天到嗎？」

「是的。」

現在，她看著他，發現他的目光盯著盤子。他又談起了別的，和往常一樣瑣碎，關於即將開始的網球錦標賽，終究還是開口了。通常，他的聲音令人愉快，音調抑揚頓挫，但現在全在一個調子上，顯得奇怪，很不自然。這讓凱蒂覺得，他是在很遠的地方說話。他的目光一直盯著盤子，或者桌子，或者牆上的畫。他沒有看她。她意識到，他不忍看自己。

「我們上樓好嗎？」晚餐後他說。

「隨你。」

她站起來，他為她開門。她走過他身邊時，他垂下了眼睛。來到起居室，他又拿起那張畫報。

「這是新的《素描週刊》嗎？我好像沒看過。」

「不知道。我沒注意。」

報紙在那裡放了兩個星期，她知道他已經細看過了。他拿起它，坐了下來。她又躺在沙發上，拿起那本書。通常在晚上，只有他們兩個時，他們會玩庫恩牌或單人紙牌。他很舒服地躺進扶手椅裡，注意力似乎全被那些插圖吸引了。他一直沒有翻頁。她想讀書，但無法看清眼前的句子，字跡模糊。她的頭劇烈疼痛。

他什麼時候會開口？

他們默默地坐了一個小時。她不再假裝看書，把那本小說放在膝蓋上，呆呆地望著空中。她害怕做出任何動作，弄出一點聲響。他一動不動地坐著，還是那麼輕閒，睜大眼睛，直直盯著那些照片。他安靜的樣子實在可怕。凱蒂聯想到一頭野獸，隨時會一躍而起。

突然，他站了起來，嚇她一跳。她緊握雙手，感覺自己臉色蒼白。開始了！

「我有些工作要做，」他用一種安靜而單調的聲音說，眼睛有意避開她，「如果你不介意，我就回書房了。等我完成的時候，你應該已經上床睡覺了。」

「今晚我確實累。」

「嗯，晚安。」

「晚安。」

他離開了房間。

19

電話

第二天一早，她就給湯森辦公室打了電話。

「是我，怎麼了？」

「我想見你。」

「親愛的，我很忙，我是個有工作的人。」

「這事很重要。我能去你辦公室嗎？」

「哦，不，我要是你，就不會那麼做。」

「好吧，那你過來吧。」

「我實在走不開。今天下午好嗎？你不覺得，我不去你家更好嗎？」

「我必須馬上見你。」

一陣停頓，她擔心電話掛斷了。

「你還在嗎？」她焦急地問。

「在。我在想。發生什麼事了？」

「我不能在電話裡說。」

又是一陣沉默，他開口了。

「好吧，聽著，我可以抽十分鐘時間，一點鐘和你見面，就這樣。你最好去顧舟那邊，我會盡快來的。」

「那家骨董店？」她驚慌地問。

「對，我們總不能在香港旅館的休息室見面吧。」他回答。

她注意到他的聲音中有一絲不悅。

「好吧。我去顧舟那裡。」

20

見面

在維多利亞道，她下了黃包車，走進斜坡上的一條窄巷，來到骨董店。在店外，她逗留了片刻，目光似乎被櫥窗裡的小玩意吸引住了。站在門口迎客的小弟立即認出了她，咧嘴朝她會心一笑。他用中文對裡面說了句什麼，隨後，那位矮個、胖臉、身穿黑色長褂的店主出來打招呼。她趕緊走了進去。

「湯森先生還沒來，您先去頂樓，好嗎？」

她來到店鋪後面，走上搖搖晃晃、黑咕隆咚的樓梯。中國人跟著她，打開通往臥室的門。這裡很悶，有一股刺鼻的鴉片煙味。她在一個檀香櫃子上坐下。

很快，嘎吱作響的樓梯上傳來沉重的腳步聲。湯森走了進來，關上了門。他一臉陰沉，等看到她，那種表情頃刻消失了，露出迷人的微笑。他一把將她抱在懷裡，吻了吻她的嘴。

「說吧，怎麼了？」

「見到你，我就感覺好多了。」她笑道。

他在床邊坐下，點燃一根菸。

「今天早上，你顯得很疲憊。」

「這不奇怪，」她回答，「我恐怕整晚都沒合眼。」

他看了她一眼，依然笑著，但有點僵硬，很不自然。她感覺，他眼裡有一絲焦慮的陰影。

「他都知道了。」她說。

他停頓了片刻，然後問道：

「他說什麼了？」

「什麼也沒說。」

「什麼！」他兩眼緊盯著她，「那你憑什麼說他知道了？」

「各個方面。他的表情。他吃飯時說話的樣子。」

「他發脾氣了？」

「沒有，恰恰相反，他很小心，很有分寸。自從我們結婚，他第一次沒吻我說晚安。」

她垂下眼簾，不確定查理是否明白。通常，沃爾特會把她摟在懷裡，嘴貼著嘴，久久不肯放開。親吻讓他整個人變得溫柔多情。

「你認為是什麼原因讓他閉口不提？」

「不知道。」

又是一陣停頓。凱蒂一動不動坐在檀香櫃上，焦急地看著湯森。他的臉又陰沉起來，緊蹙眉頭，嘴角也下垂。突然，他抬起頭來，眼中閃過一絲惡意的神情。

「我想，他什麼也說不出口。」

她沒回答，不知道他什麼意思。

「畢竟，這種事，睜隻眼閉隻眼，他又不是頭一個。大鬧一場有什麼好處？如果他想鬧，早就闖進你的房間了。」他目光閃爍，嘴上綻出燦爛的笑，「我們倆也就成了一對可惡的傻瓜。」

「真希望你能看到他昨晚的臉色。」

「我想他很生氣。這當然是個打擊。對任何男人來說，都是極大的恥辱。他一直都很蠢。在我印象中，沃爾特是那種不願讓家醜外揚的人。」

「我也覺得是，」她若有所思地回答，「他很敏感，我早就發現了。」

「就目前而言，一切對我們都很有利。你看，有個很好的辦法，那就是設身處地，如果你是他，你會怎麼行動。一個男人遭遇這種事，唯一的辦法就是保住面子，佯裝不知。我敢隨便拿什麼跟你打賭，他就是這麼考慮的。」

湯森越說越起勁，一雙藍眼睛閃閃發光，又變回原來那個快樂、活躍的自我。他的話振奮人心。

「天知道，我可不想說他的壞話。但說實在的，一個細菌學家沒什麼了不起。等西蒙斯回家賦閒，很有可能我會當香港輔政司，沃爾特和我打好關係，對他大有好處。他得考慮自己的飯碗，大家都一樣。你認為香港政府會重用一個弄出醜聞的傢伙嗎？相信我，只要他閉口不提，什麼都少不了他的。要是大吵大鬧，什麼也撈不到。」

凱蒂不安地扭動著身子。她知道沃爾特有多害羞，她相信他害怕吵鬧，擔心搞得沸沸揚揚，這些對他都會有影響。但她不相信，他會受物質利益的影響。也許她還不太瞭解他，但查理對他更不瞭解。

「你有沒有想過，他還瘋狂地愛著我？」

他沒回答，只是用頑皮的眼神對她笑了笑，那迷人的樣子，熟悉而又可愛。

「哦，什麼意思？我知道你會說些嚇人的話。」

「嗯，你知道，女人往往覺得，男人瘋狂地愛著她，實際上，根本沒到那種程度。」

她終於大笑起來。他的自信很有感染力。

「這話真讓人吃驚。」

「明說吧，你最近沒怎麼為你丈夫操心。也許，他不像從前那麼愛你了。」

「無論如何，我絕不會騙自己，覺得你瘋狂地愛著我。」她反駁道。

「這你就錯了。」

啊，聽他這麼說真開心！她知道這一點，相信他的激情，頓時心裡暖呼呼的。說話間，他從床上站起身，走過來也坐在檀香櫃上，伸手摟住她的腰。

「別讓你的小腦瓜瞎操心了，」他說，「我向你保證，沒什麼可怕的。我敢斷定，他會假裝什麼都不知道。你明白，這種事很難證明。你說他愛你，也許，他是不想完全失去你。如果你是我太太，說什麼我也不願失去你。」

她向他靠過去，身子軟軟地貼著他的手臂。她感受著對他的愛，這幾乎是一種折磨。他最後說的話提醒了她：也許，沃爾特如此熱烈地愛著她，以至於他願意接受任何羞辱，只要她偶爾還能讓他愛。這她能理解，因為她對查理的感覺就是如此。一股自豪的快感傳遍她全身，同時又有點對男人的輕蔑感：有人竟會愛得這麼卑賤。

她親暱地摟住查理的脖子。

「你真了不起。剛來這裡，我還像樹葉一樣發抖呢。你一說，就全沒事了。」

他伸手捧著她的臉，吻了吻她的唇。

「小寶貝。」

「你讓我放心了。」她舒了口氣。

「相信我，不用緊張。你知道有我在。我不會丟下你不管的。」

她不再害怕，但忽然又覺得不合情理，為未來的計畫破滅感到可惜。現在，危險全過去了，她倒希望沃爾特能堅持離婚。

「我知道，我可以依靠你。」她說。

「我希望這樣。」

「你不去吃午飯嗎？」

「哦，去他的午飯。」

他把她拉得更近，緊緊摟在懷裡，嘴尋著她的嘴。

「哦，查理，你得讓我走。」

「絕不。」

她微微一笑，這是幸福愛情的笑、勝利的笑。他的眼裡充滿渴望。他托起她，讓她腳尖著地，卻不放她走，把她緊緊摟在胸前，一隻手鎖上了門。

21

宴會

整個下午，她都在想查理說沃爾特的那些話。晚上，他們要出去吃飯，當他從俱樂部回來，她正在打扮，他敲了敲她的房門。

「進來。」

他沒有開門進去。

「我直接去換衣服了。你需要多久？」

「十分鐘。」

他沒再說話，回了自己的房間。他的聲音帶著一種壓抑，昨晚她就注意到了。現在，她感覺很有信心，在他之前她就準備好了，等他下樓，她已坐在車裡。

「恐怕讓你久等了。」他說。

「這不算什麼。」她回答，說話時還保持著微笑。

當他們開車下山，她隨便聊了一兩件事，而他的回答很簡短。她聳了聳肩，感覺有點不耐煩。如果他想發洩，那就來吧，她才不在乎呢。就這樣，他們默默地到達了目的地。這是一場大型宴會，人很多，菜很豐盛。在快樂地跟身邊的人聊天時，凱蒂看了看沃爾特。他面色慘白，板著個臉。

「你丈夫看起來很疲憊。我還以為他不習慣這裡的炎熱呢。他的工作是不是太辛苦了？」

「他的工作一直很辛苦。」

「我想，你很快就要離開了吧？」

「哦，是的，我想會去日本，和去年一樣。」她說，「醫生說，如果不想把身體拖垮，我就得離開這個炎熱的環境。」

沃爾特沒像以往外出吃飯那樣時不時微笑著看她。他一眼也沒看。她注意到，出門上車時，他的眼睛一直避開她，下車時，出於一貫的文雅，伸手挽她也是這樣。現在，他和坐在他兩邊的女人說著話，他沒有笑，眼神呆滯，只是直直地看著她們。事實上，他的眼睛看起來很大，在他蒼白的臉上宛如黑炭，他的臉嚴肅而僵硬。

「他真是個討人喜歡的伴。」凱蒂諷刺地想。

一想到幾位倒楣的女士極力想和那副冷酷的假面聊點什麼，她就覺得好笑。

他肯定知道了：毫無疑問，他很生她的氣。但他為什麼閉口不提？難道真是因為，儘管憤怒、委屈，但他還是非常愛她，害怕她會離他而去？這種想法，讓她有點鄙視他，卻是善意的；畢竟，他是她丈夫，讓她有吃有住，只要他不干涉她，讓她做她愛做的事，她就應該對他好。另外，也許他的沉默，僅僅出於一種病態的膽怯。查理說得對，沒有人比沃爾特更討厭醜聞。除非迫不得已，他從不在公眾場合發言。他跟她說過，有一次法庭傳喚，他為一個案子提供專家證詞，開庭前一星期幾乎沒合眼。他的羞怯是一種病。

還有一點，男人都很虛榮。只要沒人知道發生了什麼，沃爾特寧願視而不見。然後，她又想，查理的話對不對，他說，沃爾特知道得考慮自己的飯碗。查理是香港的紅人，很快就會成為輔政司，他將對沃爾特很有幫助。換句話說，如果沃爾特妨礙他，他就不會讓沃爾特舒服。一想到情人的氣魄與果斷，她便心潮澎湃；偎依在他強壯的臂膀裡，她感到自己是多麼的柔弱無力。男人很奇怪。她絕不會想到，沃爾特有可能很卑鄙，但誰又能料到明天會怎樣；也許，他的嚴肅不過是卑鄙而狡詐的面具。她越想越覺得查理說得對，又轉眼看了看丈夫，目光裡沒有一絲包容。

正好這時，他兩邊的女人都在和旁邊的人聊天，把他晾在一邊。他直直地盯著前方，似乎忘了置身宴會，眼裡充滿絕望的悲傷。這讓凱蒂大吃一驚。

22

沃爾特攤牌

第二天，午飯後她躺下，正在小睡，卻被一陣敲門聲驚醒了。
「誰呀？」她煩躁地喊道。
這個點，她討厭被打擾。
「我。」
她聽出是丈夫的聲音，連忙坐了起來。
「進來。」
「我吵醒你了？」他說著走了進來。
「說實話，是的。」她語氣自然，就像這兩天來她和他說話那樣。
「你來隔壁房間吧，我想和你談談。」
她的心猛跳了一下。

「讓我穿上外衣。」

他離開了。她赤腳穿上拖鞋，裹上一件和服式的外衣。她照了下鏡子，見自己臉色蒼白，便塗上點胭脂。在門口，她站了片刻，鼓起勇氣準備談話，一臉自信地走了進去。

「你是怎麼在工作時間離開實驗室的？」她說，「這個時候，我可不常看見你。」

「不坐下嗎？」

他沒看她，語氣十分嚴肅。她很樂意照他說的做。膝蓋有點發抖，無法再用那種詼諧的口氣說話，於是保持沉默。他也坐了下來，點燃一根菸。他的目光不安地在房間裡轉來轉去，似乎有些難以啟齒。

突然，他把目光全落在了她身上；由於長時間的轉移視線，一下這麼直視著她，嚇得她幾乎要叫出聲來。

「你聽說過湄潭府嗎？」他問，「最近報紙上有很多報導。」

她吃驚地盯著他，猶豫了片刻。

「是鬧霍亂的那個地方嗎？阿巴斯諾特先生昨晚說過。」

「那裡鬧得厲害。我相信是多年來最嚴重的一次。原本有個傳教士大夫在那裡。三天前得霍亂死了。那裡有一座法國女修道院，當然，也有個海關人員。其他人都走了。」

他的眼睛依然盯著她，讓她無法垂下眼簾。她想試著看清楚他的表情，但由於緊張，只能看出一種異樣的警覺。他怎麼能這樣緊緊地盯著？眼睛都不眨一下。

「那些法國修女，正在想盡辦法救人。她們把孤兒院變成了醫院。但民眾還是像蒼蠅一樣死去。我主動提出，去那邊負責。」

「你？」

她嚇了一跳。首先，她想到的是，他要是去了，她就自由了，可以毫無阻礙地和查理見面。但這個想法讓她震驚，一下臉紅了。為什麼他那樣看著她？她尷尬地移開了目光。

「有必要嗎？」她支支吾吾。

「那裡連一個外國醫生也沒有。」

「但你不是醫生，你是細菌學家。」

「我是醫學博士，你知道，在做專門研究之前，我在一家醫院做過各種日常工作。事實上，首先是細菌學家，這對我絕對有利。這將是一次難得的研究機會。」

他說得幾乎非常輕率。她瞥了他一眼，吃驚地發現他眼裡閃爍著一絲嘲弄。她感覺難以理解。

「但這不是很危險嗎？」

「非常危險。」

他笑了，一副嘲弄的鬼臉。她用手托住額頭。自殺。這簡直就是自殺，太可怕了！她沒想到他會這樣行動。不能讓他這麼做，太殘酷了。即便她不愛他，那也不是他的錯。

她無法忍受他因她而自殺的想法。淚水從她的臉上輕輕地流下。

「你哭什麼？」他聲音冰冷。

「你沒有義務去，對嗎？」

「對，我完全是自願的。」

「別去，沃爾特。出了什麼事，就太可怕了。要是你死了呢？」

儘管他依然面無表情，但眼裡再次掠過一絲笑意。他沒回答。

「這地方在哪裡？」停頓了片刻，她問。

「湄潭府？在西江的一條支流上。我們要沿西江逆流而上，然後再坐轎子。」

「我們是誰？」

「你和我。」

她飛快地瞥了他一眼，以為聽錯了。但是現在，他眼裡的笑意已經蔓延到了嘴角。那雙黑色的眼睛直直地盯著她。

「你希望我也去？」

「我想你會願意的。」

她的呼吸變得急促，不禁渾身發抖。

「但很明顯，那裡不是女人去的地方。傳教士幾週前就把他的妻子和孩子送走了。亞洲石油公司的代理和他妻子也回來了。我在一次茶會上見過她。想起來了，她說，他們因為霍亂而離開了個什麼地方。」

「那裡有五個法國修女。」

她驚慌失措。

「我不明白你什麼意思。要我去那裡，簡直是瘋了。你知道我有多嬌貴。海沃德醫生說，我必須離開香港，躲一躲這炎熱的氣候。我根本受不了那裡的高溫。而且還有霍亂，非把我嚇死不可。這簡直是自找麻煩。我沒理由去。我會死的。」

他沒回答。她絕望地看著他，幾乎要哭出聲來。他臉上有一種死灰般的慘白，讓她突然害怕起來。她看出，那是仇恨的表情。他不是想讓我死吧？她回答著自己這個駭人的想法。

「太荒謬了。如果你認為你應該去，那是你的事。但你真的別指望我去。我討厭疾病。這可是霍亂啊。我不想假裝勇敢，也不介意告訴你，我沒那個勇氣。我要待在這裡，到時候去日本。」

「我還以為，當我出發進行一次危險的遠征，你會願意陪著我呢。」

現在，他已經是在毫不含糊地嘲笑她。她糊塗了，不太清楚他這些話都是真的，或者只是想嚇唬她。

「我認為，拒絕去一個既沒有工作可做、我也幫不上忙的危險地方，任何人都沒理由責怪我。」

「你能派上很大用場，你可以鼓勵我、安慰我。」

她的臉色變得更加蒼白。

「我不明白你在說什麼。」
「我認為，理解這話並不需要太高的智力。」
「我不去，沃爾特，要我去那裡太可怕了。」
「那我也不去了。我會立刻撤銷申請。」

23

他的話出人意料

她茫然地看著他。他的話出人意料，一開始，她幾乎不明白什麼意思。

「你到底在說什麼？」她支吾著說。

她的話連自己聽著都覺得很假。她看到，沃爾特嚴肅的臉上露出輕蔑的神情。

「恐怕，你把我當成了大傻瓜。」

她真不知道該說什麼，還沒想好，是該憤慨地宣稱自己的清白，還是勃然大怒，橫加指責。他似乎看穿了她的心思。

「我已經有了所有的證據。」

她哭了，淚水流了出來，沒什麼痛苦，她也沒去擦。哭泣讓她有了一點時間鎮定下來。但她的腦子依然一片空白。他毫不關心地看著她，冷靜得讓她害怕。他有些不耐煩了。

「哭沒什麼用，你知道。」

他的聲音那麼冰冷、生硬，不禁讓她心生憤怒。她漸漸恢復了情緒。

「我不在乎。我想，你不會反對我和你離婚。這對男人來說不算什麼。」

「請允許我問一句，為什麼我要為了顧全你，而讓自己惹上哪怕芝麻大的麻煩呢？」

「這對你沒什麼區別。要你表現得像個紳士，也不過分。」

「我太在乎你的幸福了。」

這時，她坐直了身子，擦乾了眼淚。

「你這是什麼意思？」她問他。

「只有湯森成了共同被告，而且，這場無恥的官司讓他妻子和他離婚，他才能娶你。」

「你根本不知道自己在說什麼。」她叫道。

「你這個蠢貨。」

他的語氣如此輕蔑，氣得她滿臉通紅。也許她更憤怒一些，因為她從前聽他說的，沒有別的，全是甜言蜜語、奉承之言和令人愉快的話。她早已習慣了他言聽計從。

「如果你想知道真相，那我就告訴你。他正急著和我結婚呢。桃樂西・湯森非常願意和他離婚，我們一旦解脫，就立馬結婚。」

「是他這麼告訴你的，還是你從他的態度中猜出的意思？」

沃爾特的眼裡閃爍著憤怒的嘲諷，這讓凱蒂有點不安，她不太確定，查理是否說過這樣的話。

「他說了一遍又一遍。」

「這是謊話，你也知道這是謊話。」

「他一心一意地愛著我。他愛我就像我愛他一樣熱烈。你現在都知道了。我什麼都不否認。為什麼要否認？我們已經相愛一年了，我為此感到驕傲。在這個世界上，他對我來說意味著一切，很高興你終於知道了。我們煩透了保密、妥協，所有的一切。嫁給你是我的錯，真後悔我這樣做，當初，我就是個傻瓜。我從來沒在乎過你，我們從來沒有共同點。我不喜歡你喜歡的人，我對你感興趣的東西都很厭煩。真慶幸，一切終於結束了。」

他注視著她，既沒有動，也面無表情。他專心地聽著，從他臉上，絲毫看不出她的話影響了他。

「你知道，我為什麼嫁給你嗎？」

「因為你想在你妹妹多莉絲之前結婚。」

這話不假，但他竟然知道，這讓她頗感驚訝。奇怪的是，即使現在心懷恐懼與憤怒，這依然激起了她的同情心。他微微一笑。

「我對你不抱任何幻想，」他說，「我知道你愚蠢、輕浮、無知，但我愛你。我知道你的目標和理想庸俗乏味，但我愛你。我知道你是二流貨色，但我愛你。想想真是滑稽，我是多麼竭力地去喜歡那些能讓你喜歡的東西、多麼焦灼地想對你隱瞞自己，我並不愚昧、粗俗、愛散播醜聞、沒有腦子。我知道你是多麼害怕智慧，所以我盡我所能，讓你覺得我和你認識的人一樣蠢。我知道你嫁給我只是圖一時之便。但我太愛你了，我不在乎。大多數人，據我所知，當他們愛一個人卻得不到回報，就覺得委屈。他們會變得憤怒、痛苦。我不是。我從沒指望你會愛我，我看不出你有任何理由，我也從不認為自己值得被愛。我很感激能被允許愛你，當我有時想，你很高興和我在一起，或者，當我發現你眼裡閃過一絲愉快的愛意，我便欣喜若狂。我盡量不讓我的愛打擾你，我知道我會承受不起，所以我一直非常留意，不讓我的愛冒出一點讓你厭煩的跡象。大多數丈夫認為那是一種權利，而我卻準備接受你的恩惠。」

凱蒂從小習慣了被人奉承，從沒聽人說過這樣的話。她莫名地惱怒起來，心裡不再恐懼。這讓她窒息，感到太陽穴上的血管在膨脹、跳動。女人的虛榮心一旦受到傷害，報復的欲望勝過母獅被搶走幼崽。凱蒂的下巴本來有點方，現在醜陋地翹了起來，那雙美麗的眼睛充滿惡意。但她控制住了自己。

「如果一個男人沒有讓女人愛他的條件，那是他的錯，不能怪她。」

「這很明顯。」

他嘲笑的語氣讓她更加生氣。她覺得保持平靜更能傷害他。

「我沒受過多高的教育，也不太聰明。我只是一個非常普通的女子。我喜歡我生長環境裡的人喜歡的東西。我喜歡跳舞、網球、劇院，喜歡愛運動的男人。的確，我一直對你和你喜歡的東西感到厭煩。它們對我毫無意義，我也不想讓它們有意義。你拖著我在威尼斯的那些畫廊裡轉個沒完，我倒更喜歡在桑威治打高爾夫。」

「我知道。」

「很遺憾，我沒成為你期望的那種人。不幸的是，我一直在肉體上對你很排斥。這你不能怪我。」

「不會的。」

如果他怒不可遏，大發雷霆，凱蒂就更容易應付眼前的局面。她可以以暴制暴。但他的自制力超乎尋常。現在，她比以往任何時候都更恨他。

「我覺得，你根本不像個男人，既然你知道我和查理待在屋裡，為什麼不闖進來？起碼，你該揍他一頓。你害怕了？」

但話剛出口，她就臉紅了，羞愧不已。他沒回答，但她看出，他眼裡帶著冰冷的蔑視，嘴角閃過一絲微笑。

「可能因為，我就像個歷史人物，自視清高而不屑動武。」

凱蒂想不出什麼來回答，聳了聳肩。有那麼一會兒，他再次用他那一動不動的目光緊緊地攫住她。

「我想說的話都說完了，如果你拒絕去湄潭府，我就去撤銷申請。」

「為什麼你不同意我和你離婚？」

他終於把目光從她身上移開了。他靠在椅子上，點燃一根菸，一言不發地抽完。

然後，他扔掉菸頭，微微一笑，再次看著她。

「如果湯森太太向我保證她會和她丈夫離婚，如果湯森給我書面承諾，保證在判決生效的一週內娶你，那我就答應你。」

他說話的樣子有點怪異，讓她感到不安。但她的自尊迫使她堂而皇之接受了他的提議。

「你真是大方，沃爾特。」

讓她吃驚的是，他突然大笑起來，氣得她臉色通紅。

「你笑什麼？有什麼好笑的。」

「對不起，恐怕是我的幽默感不大對。」

她緊皺眉頭看著他，本想說些挖苦話，卻想不出怎麼回嘴。他看了看手錶。

「如果你想趁湯森在辦公室時找他，最好抓緊時間。如果你決定跟我一起去湄潭府，後天就得動身。」

「你想讓我今天就告訴他嗎？」

「常言說，最好的時間就是現在。」

她心跳加快。她有種感覺，不是不安，她也說不清楚是什麼。她希望時間再長一點，好讓查理有個準備。但她對他充滿信心，他愛她，就像她愛他一樣。必然，查理不會不情願和他妻子離婚，對此哪怕有一絲懷疑，她都覺得是一種背叛。她一臉嚴肅地轉向沃爾特。

「我想，你不知道什麼是愛。你不瞭解查理和我的愛是多麼的不顧一切。這才是唯一重要的：如果我們的愛需要，任何犧牲都輕而易舉，不費吹灰之力。」

他向她微微躬身，但什麼也沒說，目送她緩步走出了房間。

24 去找湯森

她給查理送了一張便條，上面寫著：「見個面，有急事。」一個中國男孩請她等等，隨後說，湯森先生五分鐘後就見她。她莫名地緊張起來。最後，她被領進房間，查理上前和她握手，等那男孩帶上門，房間裡只剩他們倆，他便不再裝作和藹可親、彬彬有禮。

「我說，親愛的，你真不該上班時來。我有很多事要做，況且，也不能讓人抓住把柄。」

她用那雙美麗的眼睛看了他一會兒，想笑一笑，但她的嘴唇僵硬，笑不出來。

「如果沒必要，我是不會來的。」

他微笑著，拉起她的手。

「好吧，既然來了，就過來坐吧。」

這是一個空蕩蕩的房間，狹小，天花板很高，牆壁漆成兩種赤陶色。僅有的擺設包括一張大辦公桌、湯森的轉椅，和一張客人坐的皮扶手椅。凱蒂膽怯地坐下，他坐在桌子旁邊。以前，她從沒見過，不知道他戴眼鏡。注意到她盯著眼鏡，他便摘了下來。

「我只在看東西時戴。」他說。

她的眼淚來得輕易，現在，她根本不知道為什麼，竟哭了起來。她無意假裝，而是一種本能的欲望，想激起他的同情。他茫然地看著她。

「發生什麼事了？哦，親愛的，別哭。」

她掏出手帕，想止住抽泣。他按了鈴，等男孩來到門口，他走了過去。

「如果有人找我，就說出去了。」

「好的，先生。」

男孩帶上門。查理坐在椅子的扶手上，伸出手摟住凱蒂的肩膀。

「好了，親愛的凱蒂，都告訴我吧。」

「沃爾特想離婚。」她說。

她感到壓在肩膀上的手鬆了下來。他身體僵硬。沉默了一會兒，湯森從她的椅子上站起來，又坐回到他的椅子上。

「到底什麼情況？」他說。

她飛快地瞥了他一眼，因為他的聲音變得沙啞。她看到他臉色微紅。

「我和他談過了。我是直接從家裡來的。他說，他掌握了所有的證據。」

「你沒表態，對吧？你什麼都沒承認？」

她的心猛一沉。

「沒有。」她回答。

「肯定嗎？」他問，目光很嚴厲。

「沒錯。」她又撒謊了。

他靠在椅子上，面無表情地盯著面前牆上的中國地圖。她焦急地看著他。他聽到消息後的態度讓她有些不安。她原以為他會把她摟在懷裡，跟她說感激，因為現在，他們可以永遠在一起了；但男人就是這麼奇怪。她輕聲哭著，現在不是為了引起同情，而是因為哭泣再自然不過。

「我們算是闖了大禍。」終於，他說話了，「但失去理智毫無用處。哭解決不了任何問題，你知道。」

她注意到他的聲音帶著惱怒，便擦乾了眼淚。

「這不是我的錯，查理。我也沒辦法。」

「這是當然。真是倒楣透頂。這事不能只怪你，也怪我。現在要做的就是，看看我們怎麼擺脫困境。我想，你和我一樣都不打算離婚。」

她屏住了呼吸，目光疑惑地看著他。他根本沒替她著想。

「我不知道，他的證據到底是什麼。我不知道，他怎麼能證明我在那個房間裡。總之，我們已經夠小心了。我敢保證，骨董店那個老傢伙不會出賣我們。即便他親眼看見我們進去了，也沒理由認為我們不會一起去看骨董。」
他更像在自言自語，而不是跟她說話。
「提出指控很容易，但要拿出證據很難。任何律師都會這麼說。我們的策略是，否認一切。如果他威脅說要打官司，我們就跟他說，見鬼去吧，我們豁出去了。」
「我不上法庭，查理。」
「為什麼不上？恐怕你不得不上。天知道，我不想鬧事，但我們不能俯首貼耳。」
「我們為什麼要辯解？」
「怎麼能這麼問？畢竟，這不僅僅關係到你，還牽扯到我。但事實上，我認為你不必害怕。我們會想個辦法搞定你丈夫。唯一讓我擔心的，是怎麼找個最好的法子。」
他似乎想到了一個主意，因為他轉向她，露出迷人的微笑，剛才那種突兀、公事公辦的語氣變得討好起來。
「恐怕你煩死了，可憐的小女人。這太糟了。」他握住她的手，「我們陷入了困境，但會擺脫的。這不是……」他停了下來，凱蒂懷疑他想說，這不是他第一次擺脫困境了。「最重要的是保持頭腦清醒。你知道，我永遠不會讓你失望的。」
「我不怕。不管他做什麼，我都不在乎。」
他依然微笑著，不過似乎笑得有點勉強。
「萬一事情不可收拾，我只好告訴總督。他會把我罵慘的。但他人好，見過世面。他會想辦法解決的。這種醜聞，對他來說沒什麼好處。」

「他能怎麼做？」凱蒂問。

「可以向沃爾特施壓。如果不能籠絡他的野心，就拿他的責任感制服他。」

凱蒂有些心涼。她似乎沒讓查理明白事情有多嚴重。他輕飄飄的態度讓她煩躁。她後悔來辦公室見他，周圍的環境讓她膽怯。如果能在他的懷裡，摟著他的脖子，想說什麼就容易多了。

「你不瞭解沃爾特。」她說。

「我知道，每個人都有自己的價碼。」

她一心一意愛著查理，但他的回答讓她不安；這麼聰明的人，不該說出這種蠢話。

「我想，你沒意識到沃爾特有多生氣。你沒見他的臉色，他那種眼神。」

他一時無語，只是面帶微笑看著她。她知道他在想什麼。沃爾特是細菌學家，處在從屬地位，他絕不會冒犯香港的上層官員，招惹麻煩。

「欺騙自己沒用，查理，」她認真地說，「如果沃爾特決定控告，無論你或別人說什麼，都絲毫影響不了他。」

他的臉色又變得沉重、陰沉。

「他是想讓我成為共同被告嗎？」

「一開始是。最後，我設法讓他同意和我離婚了。」

「哦，好，那還不太糟。」他又放鬆下來，她看見他眼中的焦慮緩和了。「我看這是個很好的辦法。畢竟，一個男人起碼能這麼做，這是唯一體面的做法。」

「但他提了條件。」

他好奇地瞥了她一眼，似乎在想什麼。

「我當然不算有錢人，但只要能辦到，什麼都可以答應。」

凱蒂沉默了。查理說的話，她根本沒料到。這讓她一時語塞。她原本以為，會把心裡話一口氣說出，再躺進他熾熱的懷抱，把發燙的面頰緊貼在他胸前。

「他同意和我離婚，只要你妻子向他保證，也會和你離婚。」

「還有別的嗎？」

凱蒂囁嚅著，幾乎聽不見自己的聲音：

「還有——這話太難出口了，查理，聽起來很可怕——如果你保證，在判決生效的一週內和我結婚。」

25 湯森攤牌

他沉默了。然後，他又拉起她的手，輕輕按了按。

「你知道，親愛的，」他說，「不管發生什麼，我們都不要讓桃樂西攪和進來。」

她茫然地看著他。

「但我不明白，這怎麼可能？」

「哦，人生在世，我們不能只考慮自己。你知道，如果沒有意外，這輩子我最想做的事就是和你結婚。但這完全不可能。我瞭解桃樂西，沒有任何事情能讓她和我離婚。」

凱蒂大驚失色。她又哭了。他站起來，在她身邊坐下，摟住她的腰。

「別再難過了，親愛的。我們必須保持冷靜。」

「我還以為你愛我呢……」

「我當然愛你，」他溫柔地說，「你不要有任何懷疑。」

「如果她不和你離婚，沃爾特就會讓你成為共同被告。」

他費了好長時間才回答，語氣乾巴巴的。

「那肯定會毀了我的事業，恐怕對你也沒什麼好處。如果事情到了不可收拾的地步，我就得向桃樂西坦白，她會深受傷害，痛苦不堪，但會原諒我的。」他有了主意，「說不定完全坦白是最好的辦法，如果她去找你丈夫，我敢說，她能說服他管住他的嘴。」

「就是說，你不想和她離婚？」

「嗯，我得為我的幾個孩子著想，對吧？再說，當然了，我也不想讓她不開心。我們一直相處得很好。對我來說，她是位非常好的妻子，你知道。」

「但你為什麼說，她在你眼裡不算什麼？」

「我可從來沒這麼說。只說，我不愛她。我們好幾年沒一起睡了，除了有幾次，比如耶誕節那天，或者她回娘家前一天，或者她回來那天。她不是在意那種事的女人，但我們一直是非常好的朋友。我不介意告訴你，我依賴她，比任何人想的都更嚴重。」

「那你不覺得，當初不來找我不更好嗎？」

她覺得奇怪，明明喘不過氣來，卻能如此鎮靜地說話。

「你是我多年來見過最可愛的小寶貝，我瘋狂地愛上了你。這不能怪我。」

「但你說過，永遠不會讓我失望的。」

「可是，天哪，我也沒想讓你失望啊。我們陷入了可怕的困境，我會盡一切可能，讓你擺脫困境。」

「除了那件顯而易見、再自然不過的事。」

他站起身，回到自己的椅子上。

「親愛的，你可得講點道理。我們最好坦然面對眼前的情況。我不想傷你的感情，但我得對你講實情。我非常熱愛我的事業，沒什麼理由說，哪天我不會當上總督。當香港總督，這絕對是份天殺的美差。除非我們把這事瞞住，否則，我一點機會都沒有。可能，我不至於離職，但身上永遠有汙點。如果我不得不離職，就只能在中國人熟的地方做生意。不管怎樣，我別無選擇，必須有桃樂西跟著我。」

「那你何必對我說，這世上除了我，你什麼都不想要？」

他的嘴角不耐煩地垮下來。

「哦，親愛的，一個男人愛上你時說的話，千萬別字斟句酌。」

「你是說不要當真？」

「當時是真的。」

「要是沃爾特和我離婚，我該怎麼辦？」

「如果我們的話真站不住腳，當然不用辯解了。應該不會引起公眾的注意，如今的人都相當寬容。」

凱蒂頭一次聯想到她的母親。她顫抖著，又看了一眼湯森。現在，她的痛苦又多了一絲怨恨。

「讓你來承擔我不得不遭受的麻煩，我相信，你不會有什麼困難。」她說。

「彼此說這種不愉快的話，我們的事情是不會有多大進展的。」他回答。

她絕望地叫了一聲。可怕的是，她這樣一心愛他，卻又對他如此怨恨。他不可能明白，他對她有多重要。

「哦，查理，你不知道我有多愛你嗎？」

「但是，親愛的，我愛你啊。只是，我們不是生活在荒島上。我們必須盡最大努力，擺脫強加給我們的狀況。你可一定要理智。」

「我要怎麼理智？對我來說，我們的愛就是一切，你就是我的全部生命。但對你來說，這只是個插曲，瞭解到這一點，太難受了。」

「這當然不是插曲。但你知道，要我和我非常依賴的妻子離婚，和你結婚，然後毀了我的事業，你的要求也太高了。」

「不比我情願為你做的多。」

「情況完全不同。」

「唯一不同的是，你不愛我。」

「男人可以非常愛一個女人，卻並不希望和她共度餘生。」

她迅速瞥了他一眼，絕望至極，豆大的眼淚順著臉龐滑落。

「哦，太殘忍了！你怎麼能這樣狠心？」

她歇斯底里地抽泣起來。他不安地朝門口瞥了一眼。

「親愛的，趕緊克制一下。」

「你不知道我有多愛你，」她喘息著說，「沒有你，我活不下去。難道你不心疼我？」

她再也說不出話，放聲大哭起來。

「我並不想對你刻薄，天知道，我不想傷害你的感情，但我必須跟你說實話。」

「我這輩子全毀了。你為什麼來纏我？我傷害過你什麼？」

「當然，如果把所有的責任都推到我身上，對你有好處，那你隨便吧。」

凱蒂頓時怒火中燒。

「是我投懷送抱的對吧，是我死纏著不讓你安寧的對吧？」

「我沒這麼說。如果當初你沒清楚表示要上床的話，我是絕不會想和你上床的。」

哦，真是丟臉！她知道他說的全是真的。此刻，他臉色陰沉，憂心忡忡，兩手不安地動著，時不時惱怒地瞥她一眼。

「你丈夫不原諒你嗎？」過了一會兒，他說。

「我根本沒問他。」

他本能地緊握雙拳，她看出，他抑制住了快到嘴邊的怒氣。

「為什麼你不去找他，求他開恩？如果真像你說的，他很愛你，一定會原諒你。」

「你太不瞭解他了！」

26 凱蒂幻滅

她擦乾了眼淚，盡量讓自己振作起來。

「查理，你要是拋棄我，我會死的。」

現在，她只能竭力博取他的同情了。她本該馬上告訴他。當他知道了她面臨的可怕選擇，他的慷慨、他的正義、他的男子氣概就會被強烈地激發出來，只去想她的危險。哦，她多麼渴望他那親切而有力的手臂能摟著她啊！

「沃爾特想讓我去湄潭府。」

「哦，但那裡正在鬧霍亂呢。那裡的人正在遭受五十年來最嚴重的疫情。那可不是女人該去的地方。你千萬別去。」

「如果你不管我，我就不得不去了。」

「什麼意思？我不明白。」

「沃爾特要去接替一位死去的傳教士醫生。他想要我和他一起去。」

「什麼時候？」

「現在，馬上。」

湯森往後推了推椅子，疑惑地看著她。

「可能是我笨，我怎麼覺得，你前言不搭後語？如果他想要你和他一起去，那離婚又是怎麼回事？」

「他讓我選擇。要嘛去湄潭府，要嘛他提起訴訟。」

「哦，我明白了。」湯森的語氣有了一點變化，「我認為他倒是很正派，不是嗎？」

「正派？」

「嗯，他去那裡真是光明正大的事。我連想都不敢想。當然，他回來肯定能得一枚聖喬治勳章。」

「那我呢，查理？」她叫道，聲音裡帶著痛苦。

「嗯，我想，如果他要你去，這種情況，我看不出有什麼理由能拒絕。」

「那就意味著死。必死無疑。」

「哦，見鬼，這也太誇張了。要是他這麼想，就不會帶你去。你的風險不會比他大。事實上，要是你們小心點，就不會有太大的危險。我來這裡時也鬧過霍亂，但我毫髮無損。最重要的是，不要吃生食，水果、沙拉之類的，把要喝的水燒開了。」他越說越起勁，侃侃而談，不再那麼悶悶不樂。他變得機敏，甚至輕鬆起來。「畢竟，這是他的工作，不是嗎？他對病菌感興趣。仔細想想，這對他來說是個很好的機會。」

「那我呢，查理？」她又說了一遍，聲音裡不僅是痛苦，更多了驚恐。

「嗯，要想瞭解一個男人，最好的辦法就是設身處地想問題。在他看來，你是個相當不規矩的小可愛，他想讓你脫離險境。我一直認為，他根本不想和你離婚，他不會是那種人。但他給出了一個他認為慷慨的提議，而你卻拒絕了，這讓他非常生氣。我不想怪你，不過為了我們大家好，我想你該考慮一下。」

「但你看不出，這是要我死嗎？難道你不明白，他帶我去那裡，是因為他明知會要我死嗎？」

「哦，親愛的，別這麼說。我們目前處境尷尬，真不是鬧著玩的。」

「你鐵了心就是不想理解這些。」哦，她內心多麼痛苦，多麼恐懼！她差點叫出聲來。「你不能這樣讓我去送死。就算你不愛我、不可憐我，總該有點人情味吧？」

「這麼說太刻薄了。據我所知，你丈夫表現得相當慷慨。只要你願意，他就會原諒你的。他想把你帶走，這個機會出現了，去別的地方待幾個月，你就不會受傷害了。我不會騙你說湄潭府是個療養勝地，我看中國沒哪個城市稱得上療養勝地。但是，沒必要為此去鬧。那樣做最糟糕。我相信，一場瘟疫下來，純粹被嚇死的人，不比感染死的人少。」

「但我現在很害怕。沃爾特說出來時，我差點暈了。」

「我完全相信，一開始肯定震驚，但冷靜下來看，就沒事了。這可不是誰都能經歷的。」

「我想，我想……」

她痛苦地來回搖晃著。他沒說話，臉上又顯出陰沉的表情，這是她以前沒見過的。

凱蒂此刻不哭了。她眼裡沒有淚水，很平靜，儘管她的聲音很低，但十分堅定。

「你真想讓我去嗎？」

「別無選擇，不是嗎？」

「是嗎？」

「公平起見，我還是先告訴你，如果你丈夫提起離婚訴訟並勝訴，我也不可能和你結婚。」

彷彿過去了一個世紀，凱蒂才開口回答。她慢慢站了起來。

「我想，我丈夫根本沒想興訟。」

「那你為什麼非要把自己嚇個半死？」他問。

她冷冷地看著他。

「他知道你會讓我失望的。」

她沉默了。隱約中，就像學一門外語，一開始你讀了一頁，什麼都不明白，然後某個詞或句子給了你一點線索，突然間，細微的理解在你混亂的頭腦一閃而過。她隱約對沃爾特內心的想法有了一點瞭解。就像一片陰暗不祥的風景被一道閃電照亮，又瞬間隱沒在黑夜中。她頃刻的所見讓她顫慄。

「他這麼威脅，是因為他知道，這樣會打垮你，查理。奇怪的是，他看你看得很準。讓我面對這麼慘痛的覺醒，正是他的作風。」

查理低頭看著眼前那張吸墨水紙。他皺了皺眉，面有慍色，但沒說話。

「他知道你虛榮、懦弱、自私自利，他想讓我親眼看見。他知道如果有了危險，你比兔子跑得還快。他知道我深受矇騙，才以為你愛上了我，因為他知道你不愛任何人，除了你自己。他知道你會毫無痛苦地犧牲我，好讓你毫髮無損地逃脫。」

「如果惡語相向真能讓你滿意，我想，我也無權抱怨。女人從來都不公平，她們總是設法把過錯推到男人身上。但是對方也有話說。」

她沒理會他插嘴。

「現在，他知道的一切我都知道了。我知道你冷酷無情，我知道你自私，難以形容的自私。我知道你連兔子的膽量都沒有，我知道你是個騙子，大騙子。我知道你非常卑劣。但慘的是……」她的臉突然因痛苦而扭曲，「慘的是，我仍然一心愛著你。」

「凱蒂。」

她苦笑了一聲。他用那動人的聲音說出了她的名字，腔調那麼自然，卻聽不出任何意味。

「你這個蠢貨。」她說。

他飛快地退了一步，滿臉通紅，氣急敗壞。他搞不懂她了。她看了看他，眼裡閃過一絲快慰。

「你開始討厭我了，是嗎？嗯，那就討厭吧。現在對我來說，反正都一樣。」

她戴上手套。

「你打算怎麼辦？」他問。

「哦，別害怕，傷不到你。你會很安全。」

「看在上帝的分上，別這麼說，凱蒂。」他說，低沉的聲音裡充滿焦慮。「你得知道，和你有關的一切都和我有關。我非常擔心，想知道會發生什麼。你打算怎麼和你丈夫說？」

「我要告訴他，我準備和他一起去湄潭府。」

「也許等你同意了，他反而不堅持了。」

他搞不清楚，說這話時，她為什麼用那麼奇怪的眼神看著他。

「你該不是真的害怕了？」他問她。

「沒有，」她說，「是你給了我勇氣。去霍亂肆虐的地方，將是一次獨特的經歷。如果我死在那裡——唉，死就死吧。」

「我是想盡可能地對你好。」

她又瞥了他一眼。淚水再次奪眶而出，心中思緒萬千。那種想要撲進他懷裡、激烈親吻他嘴唇的衝動幾乎無法抑制。但是沒用。

「如果你想知道，」她說，盡量讓聲音保持平穩，「我是心懷死亡與恐懼走的。我不知道沃爾特那黑暗而扭曲的心裡想什麼，但我的確嚇得發抖。我想，死可能真是一種解脫。」

她覺得再也無法控制自己，於是飛快地走到門口，不等他從椅子上起身便出去了。

湯森長舒了一口氣。他非常想來杯白蘭地加蘇打水。

27 告訴沃爾特她會去

她到家時，沃爾特已經回來了。她本想直接回自己房間，但他正在樓下，向大廳裡的男僕吩咐著什麼。她難受極了，什麼羞辱都能承受，於是停下來，站在他面前。

「我跟你去那個地方。」她說。

「嗯，好。」

「你想讓我什麼時候準備好？」

「明晚。」

他的冷漠就像一根長矛刺痛了她。她不知道從哪裡鼓起的勇氣，虛張聲勢說的話，連她自己也感到吃驚。

「我想只帶幾件夏天的衣服，再有一塊裹屍布，對嗎？」

她望著他的臉，看出她的刻薄激怒了他。

「我已經告訴阿媽說你需要帶什麼了。」

她點點頭，上樓回了房間。她臉色蒼白。

28

去湄潭府

他們終於接近了目的地。坐著轎子，他們沿著無盡的稻田間狹窄的田埂前行，一天又一天。他們清晨出發，直到正午酷熱難耐，才在路邊的客棧裡歇息，然後繼續趕路，直到抵達預先安排好過夜的小鎮。凱蒂的轎子在最前面，沃爾特緊隨其後，然後是一隊稀稀落落的苦力，擔著他們的鋪蓋、日常用品和工具。凱蒂對沿途的風光毫無興致。大半天，只有哪個轎夫偶爾說句話，或唱幾句粗俗的歌曲打破沉默，而她心裡翻來覆去，回想著查理辦公室中那令人心碎的一幕幕。她回憶著，他對她說了什麼，她又對他說了什麼。她沮喪地發現，他們之間的談話是多麼乏味而又實際。她沒說出本想說的話，也沒用她準備好的語氣。如果她能讓他明白她無盡的愛、她的激情、她的無助，他就絕不會那樣沒有人性，讓她聽天由命。一切都讓她措手不及。當他用比語言更清楚的行動告訴她，他根本不在乎她時，她簡直不敢相信自己的耳朵。正因如此，她才沒怎麼哭，而是非常茫然。隨後她才哭了起來，哭得那麼悲痛欲絕。

晚上在客棧裡，和丈夫同住一間主賓房，她意識到，幾英尺外、躺在行軍床上的沃爾特並未入睡，便用牙咬住枕頭，不讓自己發出任何聲音。但是在白天，轎子有簾子擋著，她就有些放任自流了。她的痛苦如此強烈，真想放聲大叫；她根本沒想到，一個人會經受這麼多的痛苦；她拚命問自己，究竟做了什麼孽，才有這樣的報應。她弄不明白，為什麼查理不愛她：這是她的錯吧，她想，但她所做的一切都是為了討他歡心。他們一直相處融洽，他們在一起時始終歡聲笑語，他們不僅是情人，還是好朋友。她無法理解，她精神崩潰了。她自言自語，說她恨他、鄙視他，卻不知道如果再也見不到他，她該怎麼活下去。如果沃爾特帶她到湄潭府是出於懲罰，那他就是在愚弄自己。現在，她還在乎自己以後怎樣嗎？她已經失去所有生活的意義，二十七歲就走完人生是有些殘酷。

29 鄉間旅程

在載著他們去西江的汽船上，沃爾特一直埋頭看書，只有吃飯時才就某個話題勉強聊聊。他和她聊天，就像她是一個碰巧同行的陌生人。凱蒂覺得，這是出於禮貌，要不就是他在強調，他們之間隔著一條明顯的鴻溝。

她忽然想起，她告訴過查理，沃爾特讓她去他那裡，用離婚威脅，否則她就得陪他去那個疫情嚴重的城市，就是想讓她親眼看看，他是多麼冷漠、懦弱和自私。還真是的。這一招很符合他冷嘲熱諷的幽默個性。他完全知道會發生什麼，在她回家之前，他就向阿媽做了必要的吩咐。從他眼裡，她捕捉到了一絲鄙視，似乎不僅針對她，還有她的情人。他心想，或許，如果他處在湯森的位置上，世上就沒有什麼能阻礙他做出任何犧牲，來滿足她哪怕最細小的怪念頭。她也清楚肯定是這樣。但是，當她的眼睛已經睜開，他怎麼還能讓她來這種危險的地方，他一定知道，這會把她嚇死？一開始，她以為他只是說著玩，直到他們真的出發了，不，更晚一點，直到他們離開江邊，坐上轎子開始穿越鄉間之旅，她還以為他會嘲笑她一聲，告訴她不用去了。她一點也不知道他在想什麼。他不可能真想讓她死。他曾經那樣不顧一切地愛著她。現在，她知道了愛是什麼，記起了他愛她的萬千跡象。對他來說，套用一句法國俗語，她確實有雨也有晴。他不可能不愛她了。你會因為受了傷就不再愛一個人嗎？她並沒讓他遭受像查理讓她遭受的那種痛苦。而且，儘管一切都發生了，甚至她也看清了查理，但只要查理略作暗示，她還是會放棄世上的一切，飛向他的懷抱。即使他犧牲了她，一點都不在乎她，即使他冷酷無情，她也依然愛他。

起初，她以為只需耐心等待，沃爾特遲早會原諒她。她過於自信對他的掌控，沒想到這種力量早已消失了。大水難滅愛火。如果他愛她，他就會心軟，而她覺得他一定還愛她，但現在，她不太確定。

晚上，他坐在客棧的直背黑檀木椅上看書，馬燈的光線映照在他的臉上，讓她可以安心地看著他。她躺在即將鋪成床的草墊上，在陰影裡。他那平直而規整的五官讓他的臉顯得特別嚴肅。你簡直不敢相信，它有時會被甜蜜的微笑所改變。他可以一直安靜地看書，彷彿她在千里之外；她看見他翻書，眼睛一行一行地、有規律地移動。他根本沒想到她。而當餐桌擺好、晚飯送來時，他把書放在一邊，瞥了她一眼（他不知道，在燈光的映照下，他的表情變得多麼清楚），她吃驚地發現，在他眼裡有一種肉體上的厭惡。沒錯，這嚇了她一跳。難道他的愛真的完全消失了？難道他真的要設計害死她？太荒謬了。這是瘋子的行為。奇怪，她忽然想，或許沃爾特精神不太正常，不禁渾身發抖。

30 抵達

突然，一直沉默的轎夫開口了，其中一個轉過身來，說了幾句她聽不懂的話，又做了個手勢，以便引起她的注意。她順著他的手指望過去，只見山頂上有一座牌樓。現在她知道，這種建築是用來紀念某個走運的文人或貞潔的寡婦，自從他們離開河道，她已經見過很多。但這一座，映襯著西天的霞光，更加奇妙，比她見過的任何一座都美。然而，不知為什麼，這讓她感到不安。它有一種無法言喻的意味：是依稀可辨的威脅，還是嘲笑？當她穿過一片竹林，一根根竹子奇怪地斜靠在田埂上，彷彿要挽留她。雖然夏夜無風，但那些細長的綠葉卻在微微顫動。這讓她莫名地感覺，有人藏在竹林裡，正注視著她經過。這時，他們來到了山腳下，稻田到了盡頭。轎夫甩開大步走著。山丘上遍布著綠色的小土堆，一堆堆挨得很近，地面形成的稜紋就像退潮後的沙灘。她知道這是什麼，因為每次接近或離開一座人口稠密的城市，都會經過這樣的地方。這是墓地。現在她知道，為什麼轎夫要她注意山上的牌樓了：他們抵達了此行的終點。

他們穿過牌樓，轎夫停下，把竹竿從一個肩換到另一個肩，其中一個用塊髒抹布擦了擦滿是汗珠的臉。田埂蜿蜒向下，兩邊是一座座破爛不堪的房子。夜幕已在降臨。突然，轎夫興奮地叫嚷起來，她感到猛地顛簸一下，只見他們盡量緊貼牆壁站成了一排。很快她就明白，是什麼驚到了他們，因為當他們站在那裡議論紛紛時，四個農民走了過去，迅速、安靜，抬著一口新棺材，沒有上漆，嶄新的木料在即將到來的黑暗中閃著白光。凱蒂驚駭不已，感覺自己的心臟撞到了肋骨。棺材過去了，但隊伍裡的挑夫全都一動不動站著，似乎再也沒有意志前行。直到後面有人喊了一聲，他們才又動了起來。現在，他們又都不說話了。

又走了幾分鐘，隊伍忽然轉進一扇敞開的大門。轎子落地。她已經到了。

31 新朋友沃丁頓

這是一座平房，她走進會客廳。她坐下，苦力接二連三把行李搬進來。沃爾特在院子裡指點著，該把這個或那個放哪裡。她很累。突然，一個陌生的聲音傳來，嚇了她一跳。

「我能進來嗎？」

她臉紅了，一下變得蒼白。她疲勞過度，見到陌生人便十分緊張。一個男人從陰影中走了出來，狹長而低矮的房間裡只有一盞罩燈，他伸出手來。

「我叫沃丁頓，是這裡的副長官。」

「哦，海關。知道。我聽說你在這裡。」

昏暗的燈光下，她只看見這是個瘦小的男人，個子不比她高，禿頭，臉刮得很乾淨。

「我就住在山腳下，但從你們來的那條路看不到我的房子。我想你們一定累了，去不了我那裡吃飯，所以，就給你們在這裡安排了晚餐，順便把自己也請來了。」

「很高興聽您這麼說。」

「你會發現廚師的手藝還不錯。我把沃森的男僕留給你們。」

「沃森，就是那個傳教士嗎？」

「是的，非常好的傢伙。如果你願意，明天我帶你去看他的墳地。」

「你人真好。」凱蒂笑著說。

這時，沃爾特走了進來。在進屋和凱蒂見面之前，沃丁頓已向他做了自我介紹。這時，只聽沃丁頓說：

「我剛告訴你太太，我和你們一起吃飯。自從沃森死後，我一直找不到人好好聊聊天，也就幾個修女，但我那點法語根本沒辦法發揮。再說，和她們談的話題很有限。」

「我剛叫男僕送些喝的來。」沃爾特說。

僕人端來了威士忌和蘇打水，凱蒂注意到沃丁頓大方地自斟自飲起來。他說話的態度和輕鬆的笑聲，讓她覺得他進來時還沒完全清醒。

「祝你好運。」他說。然後轉向沃爾特：「這裡有一大堆工作要你來做。民眾像蒼蠅一樣死去。地方長官焦頭爛額，駐軍指揮官余上校忙得不可開交，以防他們搶劫。如果不立刻採取行動，很快我們都會被殺死在床上。我勸那些修女離開，但她們當然不肯。她們都想當烈士，活見鬼。」

他漫不經心地說著，聲音裡有一種鬼魅般的笑聲，所以你不得不笑著聽下去。

「你為什麼沒走？」沃爾特問。
「唉，我損失了一半的人，剩下的，隨時都會躺倒死去。總得有人留下維持局面。」
「你們都打疫苗了嗎？」
「打了。沃森幫我打的。但他也給自己打了，最終卻沒用，可憐的傢伙。」他轉向凱蒂，那張滑稽的小臉快活得滿是褶皺。「只要你採取適當的防範措施，就不會有多大的風險。把牛奶和水都煮開，不要吃新鮮水果或生菜。你們帶留聲機唱片了嗎？」
「沒有，我不想帶。」凱蒂說。
「太遺憾了。我還想著你們能帶呢。我很久沒聽新的了，舊的都聽膩了。」
男僕進來詢問，是否可以開飯。
「你們今晚就別換衣服了，好吧？」沃丁頓說，「我的傭人上週死了，現在那個很笨，所以我晚上也不換衣服了。」
「我去放下帽子。」凱蒂說。
她的房間在他們坐的房間隔壁。裡面幾乎沒有家具。一個阿媽正跪在地板上，就著身旁的燈，為凱蒂打開行李。

32 晚餐和談話

餐廳很小，差不多被一張大桌子占滿了，牆上掛著《聖經》場景的版畫和古樸的經文。

「傳教士都有大餐桌，」沃丁頓解釋說，「他們每生一個孩子，每年就會多拿一些薪水，所以結婚時就買了大餐桌，好有足夠的地方容下那些小傢伙。」

天花板上掛著一盞大煤油燈，讓凱蒂能夠看清楚，沃丁頓究竟長什麼樣。他的禿頭讓她誤以為他已不再年輕，但現在她看出，他一定不到四十歲。他的臉，在又高又圓的額頭下顯得很小，沒有皺紋，顏色鮮豔；看起來醜得像隻猴子，但這種醜並非毫無魅力；真是一張引人發笑的臉。他的五官，鼻子和嘴巴幾乎沒小孩的大，還有一雙又小又明亮的藍眼睛，眉毛平整而又稀疏。整個人看起來像個滑稽的老小孩。他不停地自斟自飲，隨著晚餐的進行，他明顯越來越不清醒。但就算喝醉了，他也不煩人，十分快樂，就像從熟睡的牧羊人身上偷走酒囊的薩特。

他談到香港，那裡有很多朋友，他很想知道他們的近況。一年前他參加過賽馬，便又聊起小馬和牠們的主人。

「順便問一下，湯森怎樣？」他突然說，「他會當上香港輔政司嗎？」

凱蒂覺得自己的臉紅了，但她丈夫並沒看她。

「這毫不奇怪。」他回答。

「他是那種一心向上的人。」

「你認識他嗎？」沃爾特問。

「認識。我很瞭解他。我們在國內時一起旅行過。」

他們聽到河對岸傳來一陣鑼聲，和劈劈啪啪的鞭炮聲。那裡，離他們不遠，一座大城已陷入恐怖。死亡突如其來，冷酷無情，匆匆穿過蜿蜒的街道。但沃丁頓又聊起倫敦，談到劇院。他知道現在正在上演的所有劇碼，他告訴他們最後一次休假回去他都看了什麼。他大笑著回想起某個粗俗喜劇演員的幽默表演，忽然又感歎一位音樂喜劇明星的美貌。他興奮地誇耀說，他的一位表兄娶了個大名人，他曾和她共進午餐，她還把照片送給他。等下次去海關吃飯，他會拿給他們看。

沃爾特用冷漠而又嘲諷的目光看著他的客人，但顯然沒覺得好笑。他努力表現出對一些話題很感興趣，但凱蒂清楚，他對那些話題一無所知。他的嘴角掛著淡淡的笑，不知為什麼，讓凱蒂心中充滿了畏懼。置身在死去傳教士的房子裡，對面是災情恐怖的城鎮，好像他們遠離了整個世界。三個孤獨的動物，彼此的陌生人。

吃完飯，她從桌邊站了起來。

「如果我這就說晚安，你們不介意吧？我要去睡了。」

「我該走了，我想，醫生也要睡覺了。」沃丁頓回答說，「我們明天一早就得出門。」

和凱蒂握手時，他站得還算穩，但眼睛比之前更亮了。

「我會過來接你，」他對沃爾特說，「先帶你去見地方長官和余上校，然後我們一起去修道院。我可以告訴你，你會忙得不可開交。」

33

凱蒂的夢

這天晚上，她被奇怪的夢所折磨。好像她坐在轎子裡，感覺轎夫邁著大步，忽快忽慢，一直顛簸著。她進入一座座城鎮，又大又暗，大家圍上來，用好奇的目光看著她。街道又窄又彎，開著門的店鋪裡擺著稀奇古怪的貨物。當她從街上經過，所有的行人、車輛都停了下來，做買賣的也都停了下來。然後，她來到那座牌樓前，它詭異的形狀彷彿突然可怕地活了過來，變化無常的輪廓好像印度神祇揮舞著手臂，當她從下面走過，聽到一陣嘲弄的笑聲。但這時，查理．湯森向她走來，把她摟在懷裡，將她從轎裡抱出來，說這一切都是錯誤，他根本無意那樣對她，因為他愛她，沒有她他活不下去。她感覺他的吻落在了她的唇上，她高興地哭了，問他為什麼這樣殘忍，儘管她問了，但她知道這無關緊要。然後，突然傳來一聲嘶啞的叫喊，他們分開了，在他們中間，走過幾個穿著破爛藍衣衫的苦力，他們匆忙、無聲，抬著一口棺材。

她猛地驚醒了。

這座平房坐落在半山腰上，從她房間的窗口可以看見下面一條狹窄的河，對面就是那座城鎮。天剛破曉，河面上升起一團白霧，籠罩在像豆莢裡的豌豆一樣停靠得很近的帆船上。帆船有幾百艘，在幽暗的光線下顯得寂靜而神祕，讓人感覺船工也許被施了魔法，因為他們好像不是睡著了，而是被某種奇怪而又可怕的東西鎮住了，安靜無聲。

天色熹微，陽光觸到了薄霧，就像雪的幽靈一樣，在即將熄滅的星星上閃著白光。河面上霧氣很輕，可以依稀看清擁擠的帆船和茂密的桅杆，前方是一道發光的牆，目光無法穿越。但是突然，從白色的雲團中冒出一座高大、陰森而又威嚴的堡壘。似乎，它不僅是被昭示萬物的太陽所照見，更像是因一根魔杖的碰觸而憑空出現。它巍然屹立，彷彿殘酷而野蠻的部族的據點，橫跨在河面。但是，創造它的魔術師出手太快了，現在，一道彩牆覆蓋著城堡，轉眼間，在金色陽光的照耀下，霧靄中一片片綠色和黃色的屋頂隱約可見。看起來，它們巨大無比，讓你分辨不出圖案；至於條理，如果說有條理的話，你也無法覺察；既任性又放縱，卻有一種難以想像的豐富。這已不再是堡壘，也不是寺廟，而是眾神之王的奇妙宮殿，凡人無法進入。真是太空靈，太奇妙，超凡脫俗，絕不可能出自人類之手，而是夢的編織物。

眼淚順著凱蒂的臉頰流了下來，她凝視著，雙手緊握，放在胸口，幾乎無法呼吸，所以嘴巴微微張著。她從未有過如此輕鬆的心境，好像身體變成了空殼，躺在腳下，而她自己則成了純粹的精神。這就是美。她接納它，就像信徒以口接納象徵著上帝的聖餅。

34

陷入可怕瘟疫的城市

沃爾特一大早就出去了，午飯時回來了半個小時，後來直到晚飯準備好才回來。凱蒂發現自己很孤單。好幾天她都沒出門。天氣炎熱，大部分時間，她都躺在窗口的長椅上，盡量看書。正午的強光掠走了那座魔法宮殿的神祕，現在看起來不過是城牆上的一間寺廟，花哨而又破舊。但因她曾在陶醉的狀態中見過它，所以便不是那麼普通。常常在黎明或黃昏，或者夜晚，她發現自己能重新發現那種美。她所看到過的巨大堡壘，不過是一堵城牆，她的眼睛一直注視著那面高大而又黑暗的牆壁。那些垛口後面，就是那座陷入可怕瘟疫的城市。

她隱約知道那裡正發生的可怕事情，但不是從沃爾特那兒；每當問他（否則他很少和她說話），他總是用一種滑稽的冷淡態度回答她，讓她感覺脊背發涼；她是從沃丁頓和阿媽那裡聽說的。那裡的人以每天一百的速度死去，受到疾病侵襲後，幾乎沒有一個會痊癒。很多神像被人從廢棄的寺廟裡抬出來，供在街道上，前面堆滿供品和祭品，但這並沒有阻止瘟疫蔓延。人死得太快，幾乎來不及掩埋。有些房子裡一家人全死光了，連個送葬的都沒有。軍隊的指揮官極為強硬，如果說這座城市還沒有發生縱火和暴亂，那是因為他行事果斷。他命令手下的士兵掩埋那些沒人管的死者，還親手槍斃了一名拒絕進入受災人家的軍官。

凱蒂有時非常害怕，心沉如鉛，四肢發顫。說得容易，如果採取合理的預防措施，風險就很小，但她還是驚慌失措。她腦子裡翻來覆去，想著各種瘋狂的逃跑計畫。逃走，只要能逃走，她準備隨時出發，獨自離開，除了身上穿的，什麼也不帶，去個安全的地方。她想依賴沃丁頓的仁慈，告訴他一切，求他幫自己回到香港。如果她撲通一聲跪在丈夫面前，承認自己怕得要命，就算他現在還恨她，也一定會有足夠的人情可憐她。

但這不可能。即使她走了，又能去哪裡？不能去母親那裡。母親會要她看清形勢：既然已經嫁出去了，就別指望再回來煩她。再說她也不想見母親。她想去找查理，但他不想要她。她知道，如果她突然出現在他面前，他會說什麼。她彷彿看見他臉上不快的表情，還有那迷人的眼裡藏著的精明和冷漠。他很難找到什麼中聽的話。她緊握雙手。她會不惜一切地羞辱他，就像他羞辱她那樣。有時她被這種狂怒緊緊攫住，真希望當初她讓沃爾特和她離婚，哪怕毀了她，只要能把他也毀了就行。一想起他對自己說的那些話，她就羞得滿臉通紅。

35 談及湯森

第一次和沃丁頓單獨在一起時，她故意說到查理。在他們剛來的那天晚上，沃丁頓提過他，她假裝他只是丈夫的一個熟人。

「我根本不喜歡他，」沃丁頓說，「我一直覺得他很討厭。」

「要讓你喜歡誰，好像很難。」凱蒂說，那種活潑而挑逗的方式對她來說很容易。

「我想在香港，他可是炙手可熱的人物。」

「我知道。這個他很拿手。他把人際當成一門科學。他有這種天賦，能讓每個遇見他的人覺得，他是這個世上人家最想見的人。他隨時準備為人效勞，只要對他沒有麻煩。即使他滿足不了你的要求，他也會給人一種印象，你的要求任何人都辦不到。」

「這的確是很吸引人的性格。」

「魅力，除了魅力一無所有，最終會讓人討厭，我想。相比之下，和一個不那麼討人喜歡卻更真誠的人相處，更讓人感到欣慰。我認識查理·湯森好多年了，有一兩次我發現他摘掉了面具——你看，我根本不在乎，不就是個海關下級官員嘛——我知道他心裡根本不在乎世上的任何人，除了他自己。」

凱蒂懶洋洋地躺在椅子上，用微笑的眼睛看著他。她把手指上的結婚戒指轉了轉。

「他當然會高升。他深諳官場之道。我完全相信，在我有生之年，我要尊稱他閣下，在他走進房間時我要起身行禮。」

「大多數人認為，他會高升。他們覺得他很有能力。」

「能力？胡說八道！他這個人非常愚蠢。他給你一種印象，似乎他匆忙完成工作全是因為他很有才華。根本沒那回事。他只是勤勉，像個歐亞混血的小職員。」

「他怎麼會有這麼高的名聲？」

「世上有很多蠢人，當一個身居高位者不裝腔作勢，拍拍他們的脊背說願為他們做任何事，他們就很可能認為他聰明。當然，還有他的妻子。如果願意，你可以說她很能幹。她頭腦敏銳，提出的建議總是值得採納。只要查理·湯森有她可依靠，他就相當安全，永遠不會做蠢事。一個人要想在政府部門步步高升，這一點很關鍵。政府不需要聰明人，聰明人有各種想法，想法會招惹麻煩；他們需要有魅力、處事圓滑、永遠不會犯錯的人。哦，肯定，查理·湯森會爬到頂上去的。」

「很奇怪，為什麼你不喜歡他？」

「我沒有不喜歡他。」

「你更喜歡他妻子吧？」凱蒂笑了。

「我是個守舊的小男人，我喜歡有教養的女人。」

「我倒希望她既有教養又會打扮。」

「她不會打扮嗎？我從來沒見過。」

「我一直聽說，他們那對夫妻很恩愛。」凱蒂說，眼睛透過睫毛注視著他。

「他很愛她。這我得誇一下。我想，這是他最像樣的一點。」

「冷嘲熱諷啊。」

「他會逢場作戲，但都不是認真的。他很狡猾，不會讓事情持續太久，免得給他惹麻煩。當然，他不是充滿激情的人，只是虛榮之輩。他愛被人讚美。他發福了，現在四十歲，養尊處優，不過剛來香港時確實好看。我常聽他妻子拿那些風流事和他開玩笑。」

「她不在乎他四處留情？」

「哦，不，她知道這種事不會長久。她說，她倒願意和那些落到查理手中的小可憐交朋友，但她們都太普通了。她說，愛上他丈夫的都是些二流貨色，真的讓她很沒面子。」

36

又夢見了他

沃丁頓離開後，凱蒂反覆想著他漫不經心說的話。這些話聽起來很不舒服，但她不得不努力掩飾，自己受到了多大的刺激。他說的句句屬實，想來真是痛苦。她知道查理愚蠢、虛榮、愛被奉承，她想起他對她說的那些小故事，證明他聰明的得意樣子，為自己低劣的狡詐而自豪。如果她熾熱地將自己一心交給這麼個男人，是因為……是因為他有一雙漂亮的眼睛和好看的身材，那她該有多麼一文不值！她真希望自己能鄙視他，因為只要她還恨他，她就知道，這幾乎等於她還愛著他。他對待她的態度，應該讓她睜大雙眼。沃爾特就一直鄙視他。啊，要是能把他從腦子裡徹底清空該有多好！她明顯被他迷昏了頭，他妻子一定會拿這個跟他開玩笑吧？桃樂西本來想和她交個朋友，卻發現她是個二流貨色。凱蒂微微一笑，母親要是聽說她女兒被這樣看待，豈不氣死！

然而到了晚上，她又夢見了他。她感覺他用手臂緊緊摟著她，他激情如火的嘴唇吻著她。他胖，他四十歲了，有什麼關係？她溫柔地一笑，因為他是那麼體貼入微。為了他那孩子氣的虛榮，她更加愛他。她可以憐憫他，安慰他。她醒來時，已淚流不止。

她不明白，為什麼在夢中哭泣，讓她覺得那麼淒慘。

37 沃丁頓常來做客

凱蒂每天都會見到沃丁頓，因為當一天的工作結束，他便漫步上山，來到費恩夫婦住的平房；所以才一個星期，他們的關係就十分親密，在其他情況下，一年也到不了這種程度。一次，凱蒂告訴他，如果沒有他，她都不知道怎麼辦好，他笑著回答說：

「你看，只有你和我安安靜靜在堅實的地面上走。修女在天上走，而你丈夫在黑暗中走。」

儘管她漫不經心地笑了聲，但並不明白他的意思。她感覺到，他那雙愉快的小藍眼睛掃視著她的臉，帶著一種友善卻又令人不安的關心。她已經發現他很機靈，感覺她和沃爾特之間的關係激發了他憤世嫉俗的好奇心。她故意逗他，覺得非常有趣。她喜歡他，知道他也對自己好。他既不睿智也不聰明，但能用一種直白而又尖銳的方式品評事物，妙趣橫生；再加上他光禿的腦袋下那張滑稽而孩子氣的臉，這一切配合著笑聲，讓他的言論有時聽起來離奇好笑。他在偏遠地區住了很多年，經常找不到同一膚色的人聊天，他的個性便在這種古怪的自由中成長起來。他滿腦子的執念和怪癖，他的坦率別具一格。他似乎以一種玩世不恭的態度看待生活，對香港僑民挖苦諷刺，尖酸刻薄；但他也嘲笑湄潭府的中國官員，還有讓整座城市幾近毀滅的霍亂。無論他講悲慘故事還是英雄傳說，聽起來總讓人覺得有點荒謬。在中國的二十年裡，他累積了不少奇聞逸事，你能從這些東西中得出一個結論：這世界非常荒誕、怪異而又可笑。

雖然他否認自己是中文專家（他發誓說，漢學家都像三月的兔子一樣瘋狂），但他說起這種語言來相當輕鬆。他讀書不多，知道的東西全是從交談中學來的。但他經常給凱蒂講中國小說和歷史故事，儘管他講得空洞而又可笑，但對他來說很自然，聽起來也令人愉快，甚至親切。在她看來，他也許是無意識地接受了中國人的觀念：歐洲人是野蠻人，生活愚蠢，只有在中國過的生活，才能讓一個理智的人多少看出些真實。這話值得反思，凱蒂一聽別人說起中國人，必然是墮落、骯髒，甚至極為不堪。這就像窗簾的一角被掀開了一會兒，讓她得以瞥見一個她連做夢也沒想到過的、富有色彩和意義的世界。

他坐在那裡，談笑風生，喝著酒。

「你不覺得，你喝得太多了嗎？」凱蒂直率地問。

「這是我生活的一大樂趣。」他回答，「再說，還能預防霍亂。」

等他離開時，通常已經醉醺醺的，卻並不失態。這讓他顯得滑稽，但不令人討厭。

一天晚上，沃爾特回來得比平常早，讓他留下吃飯。一件怪事發生了。他們喝了湯，吃了魚，然後男僕把雞肉和新鮮的生菜沙拉端給凱蒂。

「天哪，你可不能吃這個。」沃丁頓叫道，看著凱蒂取了一些。

「哦，我們每天晚上都吃呢。」

「我妻子喜歡吃。」沃爾特說。

盤子遞給沃丁頓，他卻搖了搖頭。

「非常感謝，但我現在還不想自殺。」

沃爾特冷冷一笑，自己取了些。

沃丁頓沒再言語，事實上，他一下變得異常沉默，晚飯後不久就走了。

他們的確每晚都吃生菜沙拉。來這裡兩天，廚師帶著中國人的那種冷淡態度，端上這道菜，凱蒂不假思索地取了一些。沃爾特立刻俯身過來。

「不能吃這個。僕人瘋了吧，竟然上這個。」

「為什麼？」凱蒂問，看著他的臉。

「生菜很危險，現在吃這個簡直是瘋了。你會要了自己的命。」

「這倒是個不錯的主意。」凱蒂說。

她冷靜地吃了起來。莫名其妙地，她突然有了一種虛張聲勢的力量。她用嘲弄的目光注視著沃爾特。她感覺他的臉有點發白，但當把沙拉遞給他時，他也吃了起來。廚師見他們沒有拒絕，於是每天都準備一些。為求一死，他們天天吃。這樣冒險真是荒唐。凱蒂本來害怕染上疾病，但這麼吃沙拉，讓她感到不僅是在惡意報復沃爾特，也是在藐視自己絕望的恐懼。

38 山頂散步

這件事之後的第二天，沃丁頓下午來到平房，坐了會兒，然後問凱蒂，要不要和他一起散步。自從他們來到這裡，她還沒走出過房門。她當然很高興。

「恐怕能散步的地方不多，」他說，「但我們可以去山頂。」

「哦，好啊，那裡有一座牌樓。我經常在陽臺上看到它。」

一個男僕為他們打開沉重的入口大門，他們走進塵土飛揚的小巷。還沒走幾步，凱蒂突然驚恐地抓住沃丁頓的手臂，大叫一聲。

「看！」

「怎麼了？」

在一處院落的牆腳下，一個男人仰面躺著，兩腿挺直，雙手伸過頭頂。他穿著打了補丁的破藍布衫，一頭亂蓬蓬的頭髮，典型的一個中國乞丐。

「看起來好像死了。」凱蒂喘著氣說。

「確實死了。往這邊走。你最好別往那邊看。等我們回來，我叫人把他抬走。」

但凱蒂劇烈地顫抖著，幾乎無法動彈。

「我以前從沒見過死人。」

「那你最好快點習慣，因為在你離開這個令人愉快的地方之前，你會看到很多。」

他拉過她的手，讓她挽著自己的手，他們默默地走了片刻。

「他是得霍亂死的？」她終於問。

「我想是吧。」

他們走上山頂，來到牌樓前。牌樓雕刻得十分精美。奇妙而又諷刺的是，它就像周遭鄉野的一座地標那樣佇立在那兒。他們坐在基座上，面朝廣闊的平原。山上滿是死人的綠土堆，不是排列成行，而是雜亂無章，以至你會產生一種感覺，地底下的人一定奇怪地互相擠著。狹窄的田埂，在綠色的稻田間蜿蜒穿過，曲曲折折。一個小男孩騎在水牛脖子上，慢悠悠地趕著牠回家，三個戴寬邊草帽的農民，扛著重物，懶洋洋地邁著傾斜的腳步。一天的燥熱過去，傍晚的微風讓這裡顯得十分愜意，廣袤的鄉野為飽受折磨的心靈帶來一種寧靜的憂鬱。但凱蒂依然忘不了那個死去的乞丐。

「眼看周圍的人死去，你怎麼能談笑風生，還喝著威士忌？」她突然問。

沃丁頓沒回答。他轉過身來看著她，然後把手放在她的手臂上。

「你知道，這不是女人待的地方。」他嚴肅地說，「為什麼你不離開？」

透過長長的睫毛，她瞥了他一眼，唇上掛著一絲微笑。
「我覺得，在這種情況下，一個妻子應該待在丈夫身邊。」
「當他們給我發電報說你會和費恩一起來，我很驚訝，但後來忽然想到，也許你是護士，這種事是你的日常工作。我以為你是那種板著臉的女人，有人生病住院，你會讓他生不如死。可是當我走進平房，看見你坐著休息，我大吃一驚。你看起來非常虛弱，臉色蒼白，疲憊不堪。」
「你不能指望我在路上走了九天，還那麼有精神。」
「你現在看起來也虛弱、蒼白、疲憊不堪。請允許我再加一句，很不高興。」
凱蒂臉紅了，因為不由自主，但她還是發出了聽起來愉快的笑聲。
「很遺憾你不喜歡我的表情。我看起來不開心，唯一的原因是，從十二歲起我就知道自己的鼻子有點長。但是，顧影自憐是最為有效的姿態，你根本想不到，有多少個可愛的年輕人想來安慰我呢。」
沃丁頓用那雙明亮的藍眼睛看著她，她知道他一個字也不信。但只要他裝出相信的樣子，她也就不在乎。
「我知道你們結婚時間不長，我得出結論，你和你丈夫瘋狂地愛著對方。真不敢相信他願意讓你來，但也許，你絕不肯一個人留在家。」
「很合理的解釋。」她淡淡地說。
「是，但不是正確的解釋。」

她等著他繼續說下去，擔心他真說出什麼來，因為她心裡清楚，他很機靈，從不猶豫說出他的想法，但又禁不住想聽聽他怎麼說自己。

「我一點都不覺得你愛你丈夫。我想，你不喜歡他，就算你恨他，我也不會驚訝。但我敢肯定，你怕他。」

片刻間，她看著別處，不想讓沃丁頓看出，他的話觸動了她。

「我懷疑，你不太喜歡我丈夫。」她冷嘲道。

「我尊重他。他有頭腦、有性格。而且，我可以告訴你，這兩樣都有，很不尋常。我想，你並不知道他在這裡幹什麼，因為我覺得，他不會什麼都跟你講。如果說，有誰能單槍匹馬阻止這場可怕的瘟疫，這個人就是他。他醫治病人，清理城市，盡力淨化飲用水。他從不在乎去哪裡、做什麼。他每天要冒二十次生命危險。他說服余上校，把軍隊交給他使喚。他甚至讓地方長官也鼓起了勇氣，老人家開始動手了。修道院的修女對他推崇備至，都把他當英雄。」

「你不這麼認為嗎？」

「畢竟，這都不是他的工作，對吧？他是個細菌學家。沒人叫他到這裡來。他沒讓我覺得，他是因為同情那些快死的中國人才來的。沃森就不同，他熱愛人類。儘管他是傳教士，但他對基督教徒、佛教徒和儒教徒都一視同仁，他們都是人類嘛。你丈夫來這裡，不是因為他很在乎十萬中國人死於霍亂，也不是出於科學興趣。他為什麼到這裡來？」

「你最好去問他。」

「看到你們在一起，讓我覺得很有意思。我有時會想，你們單獨在一起時，是什麼樣子。我在場時，你們在演戲，你們都是，但演得很差勁，天哪。就你們這演技，在巡迴劇團，一週也賺不到三十先令。」

「我不明白你什麼意思。」凱蒂笑著說，依然裝出輕佻的樣子，她知道這騙不了人。

「你是很漂亮的女人。有趣的是，你丈夫卻從來不正眼看你一眼。他和你說話時，聽起來好像不是他的聲音，而是別人。」

「你覺得，他不愛我嗎？」凱蒂問，聲音低沉而又沙啞，突然把輕鬆的口氣拋在一邊。

「不知道。我不知道，是你讓他心生厭惡，連靠近一下都起雞皮疙瘩，還是他愛得激情如火，不知某種原因，不讓自己表現出來。我真懷疑，你們是來找死的。」

凱蒂想起沃丁頓驚愕的眼神，還有吃生菜沙拉時他仔細看了他們一眼的表情。

「我想，你把幾片生菜葉子看得太重了。」她沒好氣地說。她站了起來。「回去好嗎？你肯定又想要威士忌加蘇打水了。」

「不管怎麼說，你都不算女英雄。你嚇得要死。你敢肯定，你不想離開嗎？」

「這跟你有什麼關係？」

「我會幫你。」

「你是想可憐我顧影自憐嗎？看看我的側臉，告訴我，我的鼻子是不是有點長。」

他若有所思地望著她，明亮的眼睛帶著惡意和嘲諷，但又混著別的，一個影子，就像河邊的一棵樹在水中的倒影，表達著一種異常的關切。凱蒂突然熱淚盈眶。

「你必須留下來嗎？」

「是的。」

他們穿過花哨的牌樓，走下山去。來到院落牆角，又看見那個乞丐的死屍。他拉起她的手臂，但她掙開了，一動不動地站著。

「太可怕了，不是嗎？」

「什麼？死亡？」

「是的。它讓一切看起來都那麼微不足道。他都沒有人形了。看看他，你很難相信他曾經活著。很難想像，多少年前他還是個孩子，狂奔下山，手裡拉著風箏。」

她哽咽了，忍不住抽泣起來。

39 修道院

幾天後，沃丁頓和凱蒂坐在一起，端著一大杯威士忌加蘇打水，開始向她講修道院的事。

「這位媽媽是非常了不起的女人，」他說，「修女告訴我，她來自法國最大的家族之一。但她們不告訴我，到底是哪個，院長媽媽不想讓人議論她。」

「你如果感興趣，為什麼不自己問她？」凱蒂笑了。

「如果你認識她，你就知道，不可能問她這種輕率的問題。」

「既然能讓你這麼敬畏，她一定很了不起。」

「我來給你傳個話。她讓我跟你說，當然，你可能不想冒險進瘟疫救治中心，但要是你不介意，她很樂意帶你參觀一下修道院。」

「她這人真好。我還以為，她不知道有我這個人呢。」

「我提過你。最近，我每週去那裡兩三次，看有什麼能幫的。我敢肯定，你丈夫跟她們提過你。你會發現，她們對他欽佩至極，你可得有心理準備。」

「你是天主教徒嗎？」

他那雙惡意的眼睛閃著光，滑稽的小臉笑得皺巴巴的。

「你對我笑什麼？」凱蒂問。

「你從教堂出來，有什麼好處呢？不，我不是天主教徒。我說自己是英國國教的一員，我想，這是無傷大雅的說法，就是說，什麼都不太信……十年前，院長媽媽帶了七個修女來這裡，現在只剩三個，其他都死了。你看，即便在最好的時候，湄潭府也不是療養地。她們住在市中心、最貧窮的地區，工作非常辛苦，從來沒有假期。」

「那現在只有三位修女和院長媽媽？」

「哦，不，有好幾個人頂替了空出的位置。現在一共六個人。其中一個在霍亂剛開始時死了，另外兩人就從廣州來了。」

凱蒂顫抖了一下。

「你冷嗎？」

「不，只是無故打冷戰。」

「當她們離開法國，也就永遠離開了。不像那些新教教士，時不時有一年的假。我一直認為，這是最難熬的。我們英國人不太眷戀故土，可以四海為家。但是法國人，他們很依戀自己的家園，幾乎是一種自然的關聯。他們漂泊在外，從來都不會真的感覺自在。這些女人所做的犧牲，總是讓我非常感動。我想，如果我是天主教徒，就會覺得這種事很理所當然。」

凱蒂冷冷地看著他。她不太明白，這個矮個男人說這些話時帶著怎樣的感情，她懷疑，他是不是故作姿態。他喝了不少威士忌，也許不太清醒了。

「自己去看看吧。」他說，帶著戲謔的微笑，迅速猜測著她的心思。「不會比吃個番茄更危險。」

「如果你不怕，我也沒什麼可怕的。」

「我想，你會開心的。那裡就像一小塊法國。」

40 聖約瑟修女

他們乘小船過河。一頂轎子在棧橋邊等著，抬著凱蒂上了山，來到水閘邊。苦力就是經過這兒去河裡打水，他們匆忙地來來回回，肩上的軛木吊著大水桶，濺得田埂上到處都是水，就像下過大雨一樣潮溼。凱蒂的轎夫厲聲呵斥著，催他們讓路。

「各種生意當然都停了，」沃丁頓說，在她旁邊走著，「正常情況下，苦力擔著貨物上上下下，去帆船那邊，你得跟他們搶著走才成。」

街道又窄又彎，凱蒂全沒了方向，不知要去哪裡。許多店鋪都關門了。在來這裡的途中，她已經習慣了中國街道的髒亂，但這裡的垃圾和雜物堆了好幾週，臭氣熏天，她只好掏出手帕捂住嘴。經過中國城鎮，大家都直直地盯著她，讓她不知所措，但現在，她注意到，只是偶爾有人冷漠地看她一眼。行人稀少，不像平常那麼擁擠，似乎都一心在忙自己的事。他們縮頭縮腦，無精打采。有時，他們經過一座房子，聽到一陣鑼聲，還有不知什麼樂器發出的尖銳而又悠長的哀鳴。在那些緊閉的門後面，都躺著一個死人。

「我們到了。」沃丁頓終於說。

轎子落地，在一個小門口，門上鑲著一個十字架，兩邊是長長的白牆。凱蒂走出轎子。他按了門鈴。

「你別指望會有很隆重的排場。你知道的，他們窮得可憐。」

門開了，一個中國女孩出來，沃丁頓說了一兩句話，她便帶著他們，進了走廊邊的一個小房間。屋裡有一張大桌子，鋪著格子油布，靠牆擺著幾把硬木椅子。房間的一頭，有一尊聖母瑪利亞的石膏像。不一會兒，一個修女進來，又矮又胖，一張很普通的臉，紅潤的臉龐，愉快的眼睛。沃丁頓把凱蒂介紹給她，叫她聖約瑟修女。

「這位就是醫生夫人吧？」她滿面笑容地問，然後說院長媽媽很快就過來。

聖約瑟修女不會說英語，凱蒂的法語也結結巴巴；但沃丁頓說得很流利，滔滔不絕，雖不準確，然而一連串幽默的評論出口，讓開朗的修女笑得前仰後合。這歡快而輕鬆的笑聲讓凱蒂大吃一驚。她本以為修道院的人總是一臉嚴肅，這種甜蜜又天真的歡樂頓時觸動了她。

41

院長媽媽

門開了，凱蒂心想，這很不自然，彷彿是門沿著合頁自動向外打開了，隨即院長媽媽走進了小房間。她在門檻上停了片刻，唇邊顯出一絲嚴肅的微笑，看著樂不可支的修女，還有沃丁頓那張皺巴巴的小丑臉。之後，她走上前，向凱蒂伸出手。

「費恩太太吧？」她的英語口音很重，但發音準確，微微躬了下身子。「很高興認識你，我們善良而勇敢的醫生的妻子。」

凱蒂感覺，院長的目光久久地注視著她，毫不顧忌地掂量著。這目光如此坦率，因此並不顯得失禮，你會覺得，這個女人的工作就是評價別人，但對她來說，刻意掩飾絕無必要。她端莊而又親切地示意客人就座，自己也坐下。聖約瑟修女依然面帶微笑，但不再說話，站在女院長身邊稍微靠後的地方。

「我知道你們英國人愛喝茶，」院長說，「我已經安排了。不過可別見怪，是按中國的方式喝茶。我知道沃丁頓先生喜歡威士忌，但我恐怕不能給他。」

她笑了，莊重的眼裡流露出一絲嗔怪。

「哦，可以，我的院長媽媽，您這麼說，就好像我是個老酒鬼。」

「我倒希望你說，你滴酒不沾，沃丁頓先生。」

「我什麼時候都可以說我滴酒不沾，除非喝太多了。」

院長笑了，把這句調皮話翻譯成法語說給聖約瑟修女聽。她用善意的目光久久看著他。

「我們得體諒沃丁頓先生，有兩三次，我們一分錢都沒了，不知道該怎麼養活那些孤兒，都是沃丁頓先生援助的。」

給他們開門的那個信徒端著一個盤子進來，上面放著中國茶杯、茶壺和一小盤法式點心，叫瑪德琳。

「你們一定要吃瑪德琳，」院長說，「這可是聖約瑟修女今早親手為你們做的。」

他們話起了家常。院長問凱蒂在中國待多久了，從香港過來路上累不累，又問她有沒有去過法國，習不習慣香港的氣候。這種談話瑣碎而又友善，加上此時的氛圍，別有一種味道。客廳裡很安靜，你簡直不敢相信自己身處人口稠密的市中心，一片安寧棲息在此。然而疾病正在到處肆虐，民眾惶恐不安，但被一個軍人以超強的意志控制著，他和土匪差不多。在修道院的圍牆裡，醫務室擠滿了染病和垂死的士兵，修女照看的孤兒，四分之一都死了。

不知為什麼，凱蒂對眼前這位嚴肅而又親切、問這問那的女士印象深刻。她一身白衣，唯一的顏色，是胸前印的紅心。她正當中年，四五十歲，但實際年紀很難說，因為她光滑而蒼白的臉上幾乎沒有皺紋。給你的印象是，她並不年輕，因為她舉止高貴、自信，還有一雙健壯、漂亮卻顯得消瘦的手。一副長臉，大嘴，牙齒又大又整齊；鼻子雖然不小，但精巧而又靈敏；而細長的黑眉毛下的那雙眼睛，使她的臉具有強烈的悲劇特徵。那雙眼睛又大又黑，雖然不算冰冷，但那種平靜沉穩，異常令人信服。你見到這位院長時，首先會想到，她年輕時一定很漂亮，然而瞬間你就會想到，這是女性之美，隨著年齡的增長而愈發成熟。她的聲音低沉而又節制，不管說英語或法語都很慢。但她身上最引人注目的是，在基督教慈善機構鍛鍊出的權威氣質，你會覺得她習慣發號施令。服從對她來說很自然，而她會以謙卑的態度接受他人的順服。不難看出，她深深意識到，支撐著她的教會的權威。凱蒂心想，儘管她外表嚴肅，但依然對人性的弱點帶著人性的寬容；看她面帶嚴肅的笑容，聽著沃丁頓滿不在乎的胡說八道，你不可能不相信，她對荒謬的事物依然有著強烈的感知。

但凱蒂隱隱覺得，她身上還有一種特質，只是無法說出。院長的確和藹可親、舉止優雅，讓凱蒂感覺自己像個笨拙的女生，正是那種東西，讓凱蒂和她相隔甚遠。

42 參觀

「先生一點都沒吃。」聖約瑟修女說。

「先生的胃口讓滿族人的菜慣壞了。」院長回答。聖約瑟修女臉上沒了笑容，裝作一本正經的樣子。沃丁頓調皮地白了一眼，又拿起一塊蛋糕。凱蒂不明白他們說什麼。

「為了證明你是多麼不公平，我的院長媽媽，等著我的豐盛晚餐我就不管了。」

「如果費恩太太想看看修道院，我很樂意帶她逛逛。」院長轉向凱蒂，臉上帶著自責的笑容，「很抱歉，你正趕上一切混亂的時候。我們的工作太多，姊妹的人手又不夠。余上校堅持要在我們醫務室護理生病的士兵，所以只好把餐廳改成了孤兒的醫務室。」

她站在門口，讓凱蒂先過，然後兩人一起，後面跟著聖約瑟修女和沃丁頓，沿著冷清的白色走廊走去。他們先進到一個空蕩蕩的大房間，很多中國女孩正在做精緻的刺繡。客人一進門，她們全站了起來，院長給凱蒂看了幾個樣品。

「儘管有瘟疫，但我們還是繼續做工，這樣免得她們整天胡思亂想。」

他們走進第二個房間，年紀更小的女孩正在做簡單的縫紉工，鑲邊、縫補之類。之後到了第三個房間，裡面只有一些小孩子，一個中國教徒負責照看。他們鬧哄哄地玩著，見院長進來，便圍了上來，都是兩三歲的小孩，長著中國人的黑眼睛黑頭髮；他們抓住她的手，藏進她的大裙子裡。她嚴肅的臉頓時露出迷人的微笑，撫摸著他們；她說了幾句有趣的話，凱蒂雖然聽不懂中文，但知道是撫愛的意思。她有點發抖，因為他們穿著制服，個個面黃肌瘦，發育不良，加上扁平的鼻子，看來簡直不像人，甚至至今人討厭。但院長卻站在他們中間，彷彿慈悲的化身。她要離開時，他們都不讓她走，緊緊抓著她，她只好笑著勸說，不得不溫和而又有力地掙脫出來。無論如何，他們都沒發覺這位偉大的女性身上有什麼可怕的地方。

「當然，你知道，」她們走在另一條走廊上時，她說，「說他們是孤兒，只是因為父母不想要他們。送來一個孩子，我們就得付他們錢，否則，他們不願找麻煩，乾脆弄死算了。」她又轉向修女，問道，「今天有送來的嗎？」

「四個。」

「現在，加上霍亂，他們就更不想讓這些沒用的女孩拖累了。」

她帶凱蒂看了宿舍，經過一道門，上面寫著「醫務室」。凱蒂聽到一片呻吟聲、大哭聲，彷彿不是人類在遭受痛苦。

「我就不帶你去醫務室了，」院長平靜地說，「沒人願意看到那種場景。」突然，她想到了什麼，「費恩醫生不知道在不在那裡？」

她疑惑地看著修女，修女帶著愉快的微笑打開門，溜了進去。凱蒂心裡打起了退堂鼓，因為敞開的門讓她聽到更駭人的叫聲。聖約瑟修女走了出來。

「沒有，他來過，過一會兒會再回來。」

「六號怎麼樣了？」

「可憐的孩子，他死了。」

院長畫了個十字，嘴唇動了動，做了簡短的默禱。

他們經過院子，凱蒂的目光落在兩個長長的東西上，它們並排擺在地上，蓋著藍棉布。院長轉向沃丁頓。

「我們的床位太少了，不得不讓兩個病人擠在一張床上。一旦一個死了，就必須裹了布弄出去，給別的病人騰出地方。」她對凱蒂微微一笑。「現在帶你去看教堂。我們為它感到自豪。不久前，一位在法國的朋友送來一座真人大小的聖母雕像。」

43 她眼裡噙滿淚水

禮拜堂只是一間低矮而狹長的房子，刷白的牆壁，幾排長椅，最裡面是祭壇，上面有一座神像。來自巴黎的石膏彩繪，顏色粗糙，非常鮮豔，嶄新、花哨。雕像後面，是一幅畫，畫著耶穌受難，兩位聖母站在十字架下方，極度悲傷。這畫不好，深色部分塗得很差，簡直對色彩之美一無所知。周圍牆上畫著苦路十四處[6]，同樣蹩腳。這禮拜堂真是醜陋不堪。

修女一進來，便跪下祈禱，然後起身，院長又和凱蒂說起話來。

「能打碎的東西，到這裡都碎了，但這雕像，送的人從巴黎運來時，連一絲裂紋都沒有，簡直是個奇蹟。」

沃丁頓那雙惡意的眼睛閃著光，但他管住了自己的嘴。

「祭壇畫和苦路十四處是我們一個姊妹畫的，聖安塞爾姆修女。」院長畫了個十字，「她是真正的藝術家，不幸的是，在瘟疫中死了。你不覺得畫得很美嗎？」

凱蒂支支吾吾附和著。祭壇上擺著幾束紙花，燭臺裝飾紊亂，讓人煩心。

「我們有權在這裡保持聖餐禮。」

「是嗎？」凱蒂說，她不明白什麼意思。

「這麼可怕的困難期，這對我們來說是莫大的安慰。」

他們離開禮拜堂，原路返回會客廳。

「在走之前，你想看看今天早上送來的嬰兒嗎？」

「非常想。」凱蒂說。

院長把他們領進走廊另一邊的一個小房間。桌子上，一塊布下面，有什麼東西奇怪地蠕動著。修女掀開布，露出四個幼小的赤裸嬰兒。他們渾身通紅，手腳滑稽而又不安地亂動著，有趣的中國小臉扭曲成一副怪相。看起來，他們幾乎不像人類，倒像某種未知的怪物，然而，還是有什麼東西讓人感動。院長看著他們，開心地笑了。

「看起來都很活潑，但有時候，他們一送來就死了。當然，他們剛到這裡，我們就給他們施洗。」

「太太的丈夫見到他們一定會高興。」聖約瑟修女說。「我想，他能和這些孩子

---

6 苦路十四處（Stations of the Cross）：天主教為緬懷耶穌受難而設的崇拜路線。沿途共有十四處反映耶穌受難全過程的場景。

玩好幾個鐘頭，孩子一哭，他只要抱起來，讓他們舒服地躺在臂彎裡，他們就笑個不停。」

之後，凱蒂和沃丁頓來到門口，凱蒂莊重地感謝院長不辭勞煩。這位修女謙卑地鞠了一躬，同時又顯得威嚴而可親。

「非常高興。你不知道，你丈夫有多麼樂善好施，簡直是上天派來的。我很高興你能和他來這裡。一回到家，他一定感到莫大的欣慰，因為有你的愛，還有你——你甜蜜的笑臉。你可得好好照顧他，別讓他太辛苦。你得替我們照顧好他。」

凱蒂臉紅了，不知道該說什麼。院長伸出手，凱蒂握著，意識到她那平靜而深沉的目光正超然地落在自己身上，同時又帶著某種深深的理解。

聖約瑟修女在他們身後關了門，凱蒂進了轎子。他們沿著狹窄曲折的街道往回走。沃丁頓喃喃地說了句什麼，凱蒂沒回答。他回頭看了看，但轎子側面的簾子拉著，看不到她。他默默地走著。當他們到了河邊，她走了出來，他吃驚地看到，她眼裡噙滿了淚水。

「怎麼了？」他問，臉皺成一團，露出驚慌的神情。

「沒什麼。」她勉強一笑，「只是愚蠢吧。」

44
凱蒂的心情

再次獨自待在死去的傳教士這骯髒的客廳，躺在窗前長椅上，凱蒂出神地望著河對岸的寺廟（黃昏又至，讓它顯得夢幻而迷人），想理清心中的思緒。她根本沒想到，造訪女修道院會讓她如此感動。她不再好奇。反正無所事事，隔水相望那座圍城這麼多天，她未嘗不想看看那些神祕的街道。

但是，一走進修道院，她就感覺被帶到了另一個世界，既不在時間中、也不在空間中的奇怪地方。那些光禿禿的房間，白色的走廊，簡單樸素，似乎具有某種遙遠而又神祕的精神。小禮拜堂是那麼醜陋粗俗，生硬得可憐，但它有大教堂彩色玻璃畫窗之外的東西——謙卑；那裝飾的信仰和珍愛的情感，賦予了它一種脆弱的靈魂之美。修道院的工作在瘟疫中有條不紊地進行，顯示出在危險面前的冷靜和務實，事實上幾乎是一種諷刺，令人印象深刻。凱蒂的耳邊依然迴蕩著聖約瑟修女打開醫務室房門時她聽到的可怕聲音。

真沒想到，她們那樣評價沃爾特。先是修女，然後是院長本人，她稱讚他時的語氣非常溫和。奇怪的是，當她知道她們覺得他那麼好，她居然有點自豪。沃丁頓也向她說過沃爾特在幹什麼，但修女稱讚的不僅僅是他的能力（在香港，她就知道，人人都說他聰明），還說他既體貼又親切。他當然很親切。你生病時他無微不至；他聰明過人，不會惹人生氣；他的觸摸也很平靜，令人愉快，給人安慰。憑著某種魔力，只要他在場，就能讓你減輕痛苦。她知道再也看不到他那深情的眼神，她曾經早都習慣了，甚至感到厭惡。現在，她知道他愛的能力有多麼巨大；他以一種奇特的方式將全部的愛傾注到那些只能依靠他的可憐病人身上。她不嫉妒，只是感到空虛，就像她習慣了某種支撐，幾乎意識不到它的存在，但突然從她身邊抽走了，讓她左右搖晃，頭重腳輕。

她只能鄙視自己，因為她曾經鄙視沃爾特。他一定知道她怎麼看他，但毫無痛苦地接受了。她很蠢，這他清楚，但他愛她，所以也就無關緊要了。現在，她既不怨他，也不恨他，只是感覺恐懼、困惑。她不能不承認，他有非凡的特質，有時她甚至認為，他身上有種奇怪而不起眼的偉大；奇怪的是，她現在依然不愛他，卻依然愛著一個被她看穿的沒用男人。她想啊想，在漫長的日子裡仔細掂量著查理．湯森的價值：他只是個普通人，資質平庸。要是她能徹底抹去心底殘存的愛，該有多好！她盡量不去想他。

沃丁頓也很看重沃爾特。只有她對他的優點視而不見。為什麼？因為他愛她，而她不愛他。人心究竟是怎麼回事，讓你鄙視一個男人，只因他愛你？不過，沃丁頓也承認，他不喜歡沃爾特。男人都不喜歡他。顯而易見，那兩位修女對他懷有一種近乎愛慕的感情。他在女人眼裡完全不同；儘管他很害羞，但你能從他身上感到一種細心的仁慈。

45

謙卑和慚愧

　　但說到底，最打動她的還是兩位修女。聖約瑟修女長著一張快活的臉，臉蛋像蘋果一樣紅。十年前，她隨院長等一小組人來到中國，眼看著同伴一個個在疾病、艱難和鄉愁中死去，但她依然活潑、快樂。到底是什麼給了她這天真而又迷人的性格？還有那位院長，想像中，凱蒂又站在她面前，再次感到謙卑和慚愧。儘管她那麼樸素、自然，卻有一種天生的高貴氣質，令人敬畏，你無法想像，會有誰不尊重她。聖約瑟修女站在一邊，每一個細小的動作和答話的語調，都顯示出深深的順從，以此約束自己；而沃丁頓輕浮無禮，說話的語氣也表明他不太自在。凱蒂覺得，他沒必要告訴自己院長來自法國某個大家族，她的言談舉止已經顯示出她的古老血統，她的權威讓人覺得不可能不服從她。她有貴婦人的屈尊紆貴，又有聖人般的謙卑。她堅強、端莊而又滄桑的臉龐流露出一種充滿激情的苦行神色，同時她又體現出一種關懷、一種親切，所以那些小孩會圍繞在她身邊，鬧鬨哄哄，一點都不怕她，完全信賴她深深的愛。當她看著四個剛出生的嬰兒時，臉上的微笑甜蜜而又深沉，就像一縷陽光照射在杳無人煙的荒野上。聖約瑟修女不經意說沃爾特的話讓凱蒂有些感動，她感覺奇怪，她知道他很想和她有自己的孩子。大多數男人照顧嬰兒都又蠢又笨，但她從不懷疑，沉默寡言的他有能力對一個嬰兒毫不害羞地表現出迷人而又有趣的溫柔。真是個怪人！

但在所有感人的經歷中也有陰影（銀色的雲彩，嵌著一道黑線），清清楚楚，揮之不去，讓她有些不安。在聖約瑟修女清醒的歡樂中，尤其是在院長優雅的禮儀中，有一種超然讓她感到壓抑。她們很友善，甚至很親切，但同時又有所隱瞞，她不知道是什麼，所以意識到自己不過是個不經意的陌生人。她和她們之間有障礙。她們說著不同的語言，不僅說的不同，想的也不同。她覺得那扇門在她身後關上時，她們就把她完全拋在腦後了，毫不遲疑地去做放下的工作。對她們來說，她可能永遠不會存在。她感覺自己不僅被一座可憐的小修道院關在門外，而且被一片神祕的精神樂園拒之門外，而她正全心全意地追求著。突然，她有了一種前所未有的孤獨感。這就是她哭的原因。

現在，她疲憊地向後一仰，歎了口氣：「唉，我真是一文不值。」

46 夜間談話

那天晚上，沃爾特回來得比平常早一點。凱蒂躺在靠窗的長椅上。天快黑了。

「你不點燈嗎？」他問。

「晚餐好了他們會拿來的。」

他總是心不在焉地和她說話，都是些瑣事，好像他們是關係不錯的老朋友。從他的態度中，始終看不出他有什麼惡意。他從不看她的眼睛，也不笑，彬彬有禮。

「沃爾特，如果挺過這場瘟疫，我們以後要做什麼？」她問。

他沉吟片刻才回答。她看不見他的臉。

「我沒想過。」

過去，她想到什麼就說什麼，說話從不經大腦，但現在，她怕他。她感覺自己嘴唇顫抖，心痛苦地跳著。

「今天下午，我去修道院了。」

「聽說了。」

儘管欲言又止，她還是強迫自己說了下去。

「你把我帶到這裡來，真的是想讓我死嗎？」

「如果我是你，就不會沒事找事，凱蒂。我不認為談論這事有什麼好處，最好忘掉。」

「但是你不會忘，我也不會。來到這裡我想了很多。你不想聽聽我的話嗎？」

「當然可以。」

「我對你很不好。我對你不忠。」

他一動不動地站著，那種樣子出奇的可怕。

「我不知道，你是否明白我的意思。這種事一旦結束，對女人來說就沒什麼了。我覺得女人向來都不太理解男人的態度。」她說得很突兀，幾乎聽不出是自己的聲音，「你知道查理是什麼人，你也知道他會怎麼做。對，你說得很對，他是個一文不值的小人。如果我不是像他一樣一文不值，也不會被他騙了。我不求你原諒我，也不求你像以前那樣愛我。但我們就不能做朋友嗎？周圍成千上萬的人死去，還有修道院的修女……」

「這跟他們有什麼關係？」他打斷她。

「我也說不清楚。今天去那裡時，我就有一種奇怪的感覺，一切似乎意義重大。

一切都那麼可怕，她們的自我犧牲那麼了不起，讓我不禁覺得，如果你明白我的意思，就因為一個愚蠢的女人對你不忠，你就讓自己痛苦不堪，這很荒謬，也不值得。我太沒用了，不值得你為我操心。」

他沒回答，也沒走開，似乎在等她繼續說下去。

「沃丁頓先生和修女向我說了很多你的好話。我很為你驕傲，沃爾特。」

「你以前不是這樣；你以前總是看不起我。現在不了？」

「你不知道那是因為我怕你嗎？」

他又沉默了。

「我不明白你的意思，」他最後說，「不知道你到底想要什麼。」

「我什麼也不要，只想讓你少一點不開心。」

她感覺他僵在那裡，他回答的聲音冷冰冰的。

「你以為我不快樂，那你就錯了。我有太多事要做，不可能常常想著你。」

「我不知道，修女願不願意讓我去修道院工作。她們很缺人手，如果我能幫上什麼忙，那就太感謝她們了。」

「那裡的工作既不輕鬆，也不快樂。我懷疑你很快就會厭倦的。」

「你這麼看不起我嗎，沃爾特？」

「不。」他猶豫片刻，聲音顯得很奇怪，「我看不起我自己。」

47 沃爾特傷心欲絕

晚飯後，像往常一樣，沃爾特坐在燈下看書。他每晚都看，一直到凱蒂睡覺，然後走進用一個空房間建起來的實驗室，在那裡工作到深夜。他睡得很少，總在忙她不懂的實驗。這些工作，他從不告訴她，即便在過去，他也對她閉口不談，他天生不愛張揚。她反覆想著他剛才的話：談話毫無結果。她對他知之甚少，甚至無法確定他說的是不是真話。有沒有可能，儘管現在他對她來說是一種如此不祥的存在，而她對他來說卻已經完全不存在了？曾經，她的話是那麼讓他開心，因為他愛她；如今，他不再愛她了，她的話就只能讓他厭煩。這讓她感到屈辱。

她看著他。燈光映照出他的輪廓，彷彿一座浮雕。他五官端正，稜角分明，異常出眾，但這張臉不只是嚴肅，更顯出冷酷。他一動不動，只有在仔細閱讀每一頁書時眼睛稍稍移動，看起來令人有點害怕。誰能想到，這張僵硬的臉會被激情融化，露出那麼溫柔的表情？她十分明白，這讓她心裡泛起一陣厭惡。真奇怪，儘管他長得漂亮，誠實可靠，才華橫溢，但就是不能讓她愛上他。她再也不必忍受他的愛撫，這倒是種解脫。

當她問他，強迫她來這裡是不是真想殺了她，他不願回答。這種神祕既吸引她，又讓她恐懼。他的心格外善良，竟然有這種惡念，真是不可思議。他一定是想嚇唬她，同時報復查理（這符合他冷嘲熱諷的幽默個性），然後，由於固執或是害怕自己看起來很蠢，才堅持到底，把她弄到這裡來。

對了，他說他看不起自己，這是什麼意思？又一次，凱蒂看著那張平靜而冰冷的臉，他竟然絲毫意識不到她的存在，好像她不在房間裡。

「你為什麼看不起自己？」她問，幾乎不知道自己在說什麼，彷彿是在繼續剛才的對話。

他放下書，若有所思地看著她，似乎在把自己的思緒從遠處收回來。

「因為我愛你。」

她臉紅了，看向別處。她受不了他那種冷淡、沉穩、挑剔的眼光。她明白他的意思，過了片刻，她才回答。

「我想，你這樣對我不公平，」她說，「因為我愚蠢、輕浮、庸俗就指責我，這不公平。我就是這麼長大的。所有我認識的女孩子都這樣……這就像指責一個對音樂毫無興趣的人，就因為他討厭聽交響音樂會。拿我不具備的特質指責我，這公平嗎？

我從來沒想騙你，假裝成別的樣子。我只是漂亮、快樂。你不會去集市貨攤上買珍珠項鍊、貂皮大衣，你要買的是錫皮喇叭、玩具氣球。」

「我沒怪你。」

他的聲音很疲倦。她有點不耐煩。和籠罩著他們的死亡的恐懼相比，和她白天偶然一窺、讓她敬畏的至美相比，他們這點男女之事簡直雞毛蒜皮。這一切在她眼前突然變得如此清晰，為什麼他卻意識不到？一個愚蠢的女人外遇，真那麼重要嗎？她那與崇高為伍的丈夫，為什麼要在意？真是怪了，沃爾特百般聰明，卻一點也不知道輕重。因為他給一個布娃娃穿上華麗的裙子，把它供奉在神殿裡，然後發現布娃娃裡塞滿了鋸末，他便既不能原諒自己，也不能原諒她。他的靈魂撕裂了。他一直活在假想之中，當真相擊碎了它，他便以為現實本身也碎了。千真萬確，他不會原諒她，因為他無法原諒自己。

她似乎聽到他輕輕歎了口氣，便迅速瞥了他一眼。突然，一個念頭攫住她，讓她喘不過氣來。她只能強忍著不喊出來。

他所遭受的痛苦，難道就是人家說的——傷心欲絕？

48 去修道院幫忙

第二天，凱蒂整日都在想修道院的事。隔天一早，沃爾特走後不久，她便帶上阿媽，坐著轎子，去了河對岸。天色剛亮，船上擠滿了中國人，一些穿著農民的藍布衣衫，其他穿著體面的黑色長袍，個個面色怪異，彷彿是水上的亡靈，將被送往陰曹地府。上岸後，他們在碼頭上遲疑地站了會兒，好像不知該去哪裡，隨後才三三兩兩，漫無目的地朝山上走去。

這時，城中的街道空無一人，比任何時候都更像死城。路人神情恍惚，幾乎讓人覺得他們都是鬼魂。天空晴朗，初升的太陽將天國的柔美灑滿大地；很難想像，在這個快樂、清新、令人喜悅的早晨，整座城市卻像一個人被瘋子卡住了喉嚨，在瘟疫的黑暗中喘息。真是不可思議，當人類在痛苦中掙扎、在恐懼中走向死亡，大自然（藍天像孩子的心一樣清澈）竟會如此冷漠。轎子在修道院門口落地，一個乞丐從地上爬起來，向凱蒂乞討。他穿著亂糟糟的褪色破衣，就像是從垃圾堆裡扒出來的，透過上面的破口，能看到他的皮膚堅硬粗糙，黑得像山羊皮；赤裸的雙腿很瘦，一頭粗硬的灰髮（兩頰凹陷，眼神狂亂），簡直就是個瘋子。凱蒂嚇得轉過身去，轎夫厲聲呵斥著讓他走開，他卻死纏著，為了打發他，凱蒂顫抖著，給了他點錢。

門開了，阿媽解釋說，凱蒂想見院長。她又被帶進那間沉悶的會客廳，裡面的窗戶好像從沒打開過。她坐了很久，心想是不是消息沒送到。終於，院長走了進來。

「請原諒，讓您久等了，」她說，「沒想到你會來，我正忙得脫不了身。」

「請原諒打擾您，恐怕我來得不是時候。」

院長嚴肅而又親切地向她一笑，請她坐下。但凱蒂看到，她的眼睛腫了。她剛哭過。凱蒂嚇了一跳，因為在她的印象中，院長是一位不會被塵世的煩惱打動的女性。

「恐怕發生了什麼事吧。」她支支吾吾地說，「要不我先回去？我可以改天再來。」

「不，不，需要我做什麼，你儘管說。只是——只是我們的一位姊妹昨晚剛去世了。」她的聲音不再平和，眼裡滿是淚水，「我真不該這麼傷心，因為我知道，她樸素善良的靈魂已經飛上天堂。她是個聖人。但人總是很難克制自己的弱點，恐怕我做不到始終理智。」

「真是遺憾，真是太遺憾了，」凱蒂說。她那隨時都準備好的同情心，讓她的聲音變得嗚咽起來。

「她是十年前和我一起從法國來的姊妹之一。現在只剩我們三個人了。我還記得，駛出馬賽港口時，我們一夥人站在船尾（你們叫什麼，船頭？），望著聖母瑪利亞的金色雕像一起祈禱。自從我信教以來，最大的心願就是能來中國，但當我看到故土越來越遠，就忍不住落淚。我是她們的院長，卻給我的這些女兒做了不好的榜樣。當時，聖法蘭西斯．賽維爾修女——就是昨晚去世的那位——拉著我的手，勸我不要難過。她說，無論我們在哪裡，都與法國同在，與上帝同在。」

來自人性深處的悲痛，以及她極力抑制著的理智和信仰所不容許的眼淚，讓那張嚴厲而又美麗的臉孔扭曲了。凱蒂移開了目光。她覺得，窺視這種內心的掙扎很失禮。

「我一直在給她父親寫信。她和我一樣，都是母親的獨生女。他們是不列塔尼的漁民，這對他們來說太難接受了。哦，這可怕的瘟疫什麼時候才能結束呢？我們有兩個女孩今早發病了，除非奇蹟出現，否則怎麼也救不了她們。這些中國人沒什麼抵抗力。失去聖法蘭西斯修女對我們來說太慘重了。要做的事太多了，現在比以往更缺人。中國其他地方的修道院有不少姊妹，她們都想到這裡來，我們所有神職人員，我相信，都願意放棄任何東西——不過她們什麼也沒有——到這裡來，但來這裡幾乎等於送死，只要這裡的姊妹能應付，我就不願再犧牲別人。」

「這讓我深受鼓舞，院長媽媽，」凱蒂說，「我一直覺得，我是在一個非常不幸的時刻來的。那天您說，這裡的工作多得修女做不完，我就想，您能不能讓我來幫她們。我做什麼都可以，只要能幫上忙。就算您讓我擦地板，我也會很感激的。」

院長被逗笑了，而凱蒂卻感到吃驚：這多變的性情，那麼容易就從一種心情變成了另一種心情。

「沒必要擦地板。這種差事那些孤兒就能應付。」她停了一下，親切地看著凱蒂，「親愛的孩子，你不覺得，能和你丈夫一起來這裡，就已經做得夠多了？這比很多妻子有勇氣做的還要多。至於其他事情，有什麼比得上他忙了一天回家，你給他帶來的安寧和舒適呢？相信我，那時候，他需要你全部的愛和關心。」

凱蒂很難看著她的眼睛，那種超然的審視，帶著一種諷刺的親切。

「從早到晚我都閒著，」凱蒂說，「我覺得，這裡要做的事太多了，一想到自己無所事事就受不了。我不想惹人厭，也知道無權求得您的好意、占用您的時間，但我是認真的，如果您能讓我來幫一點忙，那就是您對我的仁慈。」

「你看起來身體不太好。前天你賞光來看我們，我覺得你的臉色非常蒼白，聖約瑟修女以為你有孩子了。」

「沒有，沒有。」凱蒂叫道，臉紅到了耳根。

院長媽媽笑聲悅耳。「這沒什麼好害羞的，親愛的孩子，這種猜測也不是沒有可能。你們結婚多久了？」

「非常蒼白，是因為我天生就這樣，但我的身體很好，我向您保證，什麼工作都不怕。」

現在，院長完全抑制著自己。她不自覺地表現出慣有的威嚴姿態，細細打量著凱蒂。凱蒂感到莫名的緊張。

「你會說中國話嗎？」

「恐怕不會。」凱蒂回答。

「哦，真可惜。我本可以讓你去照顧那些大點的女孩，現在難辦了，我擔心她們會——你們怎麼說？失控？」她用試探性的口吻做出結論。

「我不能去幫修女做護理嗎？我根本不怕霍亂。我可以去照顧女孩或者士兵。」

院長媽媽現在不笑了，她一臉沉思的神情，搖了搖頭。

「你不知道霍亂是怎麼回事。它看起來非常可怕。醫務室的工作有士兵在做，我們只派了一個修女監督。至於那些女孩……不，不，我相信你丈夫不會願意的。真是恐怖又可怕的場景。」

「我會慢慢習慣的。」

「不，不行。做這些事是我們神聖的權利和職責，不能要求你來做。」

「您讓我感覺自己很沒用，很無助。很難相信，這裡竟然沒有我能做的工作。」

「你和你丈夫說過這事了嗎？」

「說了。」

院長看著她，彷彿在研究她內心的祕密，但看到凱蒂焦慮而又可憐的神情，便又露出了笑容。

「你應該是新教徒吧？」她問。

「是的。」

「沒關係。沃森醫生，就是那位死去的傳教士，他就是新教徒，這沒什麼區別。他對我們太好了，我們對他感激不盡。」

這時，凱蒂的臉上閃過一絲微笑，但她什麼也沒說。院長若有所思。她站起身來。

「你這人真好。我想，我能幫你找點事做。現在，聖法蘭西斯修女離開了我們，我們確實應付不過來這些工作。你準備什麼時候開始？」

「現在。」

「這可太好了。很高興聽你這麼說。」

「我向您保證，我會盡力的。非常感謝您給我這個機會。」

院長打開會客廳的門，正要出去時，又猶豫了一下，再次用探究而洞明事理的目光久久地看著凱蒂。然後，她把手輕輕地放在凱蒂的手臂上。

「你知道，我親愛的孩子，無論在工作中還是在娛樂中，無論在塵世還是在修道院，一個人都無法找到安寧，安寧只存在於人的靈魂之中。」

凱蒂吃了一驚，但院長已經迅速地走了出去。

49 凱蒂和小女孩

凱蒂發現，工作使她精神振奮。每天太陽剛一升起，她就來到修道院，直到夕陽西下，金色的陽光灑滿狹窄的河流，照耀著一艘艘中國帆船，她才返回平房。院長安排她照看年紀小的孩子。凱蒂的母親把做家務的切實本領從故鄉利物浦帶到了倫敦，儘管凱蒂生性輕浮，卻也算是天賦異稟，雖說她提起這些總是一副嘲弄的腔調。她廚藝很好，縫紉也不錯。當這本事顯露出來，她便被調去監督那些做刺繡和鑲邊的年輕女子。她們懂一點法語，她也每天學幾句中文，這樣工作起來便不難應付。其他時間，她還要照顧那些更小的孩子，免得他們搗亂。她需要給他們穿衣服、脫衣服，該睡覺時照看他們睡覺。這裡有不少嬰兒，由幾個阿媽負責照料，但也吩咐她監管照看。這些工作都不是很重要，她本想做更辛苦的，但院長對她的懇求置之不理，凱蒂對她充滿了敬畏，也就不再強求。

最初幾天，她不得不努力克服對那些小女孩輕微的厭惡。她們穿著難看的制服，頭髮又硬又黑，圓圓的黃臉，瞪著刺李一樣的黑眼睛。但她想起，當她第一次參觀修道院，院長身邊圍著那些醜陋的小傢伙，溫柔的神情讓面容變得那麼美麗，她便不允許自己向本能屈服。不一會兒，她就能把這個和那個因為摔倒或者正在長牙而啼哭的小東西抱在懷裡，她發現，儘管她的話小孩聽不懂，但溫柔地說句話，抱她們一下，用自己柔軟的臉緊貼住她們哭泣的黃臉，都可以讓她們感到安慰、舒服，這也漸漸打消了所有的陌生感。小孩一點也不怕她了，一遇到幼稚的小麻煩就來找她，看到她們信任自己，她便感受到一種奇怪的幸福。大一點的女孩也一樣，她教她們縫紉，那種燦爛而又聰慧的笑容，還有隻言片語的讚美帶給她們的快樂，都讓她感動。她覺得她們喜歡她，既高興又自豪，反過來，她也喜歡她們。

但有一個孩子，讓她無法適應。那是一個六歲的小女孩、患有腦積水的智障兒，大大的腦袋、矮小而又臃腫的身體，顯得頭重腳輕，搖搖晃晃，眼睛大而無神，嘴角淌著口水。這個小東西嘶啞而又含糊地說著什麼，讓人既厭惡又害怕。不知為什麼，這個傻子對凱蒂產生了依賴，偌大的房間，凱蒂走到哪裡她都跟著。她抓住凱蒂的裙子，把臉貼在她的膝蓋上，還想去摸她的手。凱蒂噁心得直發抖。凱蒂知道她渴望得到愛撫，但就是不敢碰她。

有一次，凱蒂向聖約瑟修女提起她，說她活得太可憐了。聖約瑟修女微微一笑，把手伸向那個畸形的小東西。她走了過來，用鼓鼓的額頭來回蹭著修女的手。

「可憐的小傢伙，」修女說，「她被送到這裡時都快死了。上帝保佑，當時我正站在門口。我想，一刻也不能耽誤，所以馬上給她施洗。你不會相信，我們費了多大力氣才保住她的命。有三、四次，我們都以為，她小小的靈魂就要飛向天堂了。」

凱蒂沉默了。聖約瑟修女又像平常那樣滔滔不絕地聊起了別的。第二天，當那個白癡孩子來到凱蒂跟前摸她的手，她鼓起勇氣，愛憐地把手放在那個光禿禿的大腦袋上，勉強笑了笑。但是，突然，那個白癡孩子無緣無故地走開了，似乎對她失去了興趣，那天和之後幾天都沒再理她。凱蒂不知自己做錯了什麼，又是微笑又是招手，想吸引她過來，但她轉過身去，假裝沒看見。

50 聖約瑟的天真

由於修女從早忙到晚，事情多得做不完，除了在那間簡陋的禮拜堂做禮拜遇見外，凱蒂很少看到她們。在她來這裡的第一天，院長看見她坐在那些按年齡依次坐在長椅上的女孩後面，便停下來和她說話。

「我們做禮拜的時候，你不一定要來，」她說，「你是新教徒，有自己的信仰。」

「但我願意來，媽媽。我發現，這裡讓我安心。」

院長瞟了她一眼，頭嚴肅地微微傾斜。

「你當然可以按自己想的做。我只是提醒你，你沒這個義務。」

不過，凱蒂很快就和聖約瑟修女成了好朋友，也許算不上親密，但也算熟悉了。修道院的財務由她掌管，為了打理好這個大家庭的福樂安康，她整天忙得腳不沾地。她說，她唯一能休息的時間就是祈禱的時候。但是，當凱蒂和女孩子傍晚一起做事時，她高興地走了進來，發誓說她已經筋疲力盡，忙得連喘氣的時間都沒有，很想坐一下說說話。院長不在面前時，她會變得健談、快活，愛開玩笑，對流言蜚語也不在意。凱蒂和她一點也不生分。習性並不妨礙聖約瑟修女那善良而樸實的天性，她歡快地嘮叨著。她不介意凱蒂的法語說得多麼糟糕，兩人會因凱蒂的錯誤而放聲大笑。修女每天會教凱蒂幾句常用的中文。她是一個農民的女兒，內心深處仍是個農民。

「我小時候放過牛，」她說，「就像聖女貞德那樣。但我太調皮了，不可能看見天使顯靈。這算我走運，我想，如果我真的看見了，我爸爸肯定會拿鞭子抽我。他經常拿鞭子抽我，那個好老頭，因為我是個太調皮的小女孩。現在想起過去那麼淘氣，我就感到羞愧。」

一想到這個肥胖的中年修女以前是個任性的孩子，凱蒂便大笑起來。不過，現在她身上仍然有一股孩子氣，讓你一心想接近她：她身上似乎有秋天鄉野的氣息，像蘋果掛滿枝頭，糧食安然入倉。她沒有院長那種悲憫而嚴肅的聖潔氣質，只是簡簡單單，開開心心。

「你從沒想過要回家嗎，我的姊妹？」凱蒂問。

「唉，沒有。回去太難了。我喜歡待在這裡，和孤兒在一起，這種快樂從來沒有過。他們太好了，很知道感激。做一個修女好是好，但一個人總有自己的媽媽，不能忘記吃了她的奶才長大。她老了，我的媽媽，我再也見不到她。好在她很喜歡媳婦，我哥哥對她很好。哥哥的兒子快長大成人了，我想，他們一定高興，農場不久就會多一個強壯的幫手。我離開法國時他還很小，不過看看他那拳頭，將來一定能摔倒一頭牛。」

在那個安靜的房間裡，聽著修女說話，幾乎很難意識到霍亂正在四壁之外瘋狂肆虐。聖約瑟修女對瘟疫很冷漠，這種態度也傳染了凱蒂。

她對世界各地的人都感到好奇，問了凱蒂好多問題，關於英國，或者倫敦。她想，英國是個大霧彌漫的國家，甚至中午都伸手不見五指。她想知道，凱蒂是否去參加舞會，是否住在豪華的房子裡，有多少兄弟姊妹。她經常談起沃爾特，院長說他很了不起，她們每天都為他祈禱。能有這樣一位善良、勇敢而又聰明的丈夫，凱蒂是多麼幸運啊。

51 沃丁頓的八卦

但是，聖約瑟修女的話題總是時不時地回到院長身上。凱蒂一開始就意識到，是這位女性的人格力量主宰著整個修道院。住在這裡的人，都愛她、敬她、欽佩她，但也帶著敬畏，甚至懼怕。儘管她很親切，但在她面前，凱蒂覺得自己就像個小女生。和她在一起，凱蒂始終感到不自在，因為她心裡充滿了一種如此怪異而讓她尷尬的感情：敬畏。聖約瑟修女懷著天真的願望，想給她留下深刻印象，告訴凱蒂說，院長的家族是多麼偉大。她的祖先有很多青史留名，她和歐洲一半的國王都是親戚：西班牙國王阿方索曾在她父親的莊園打獵，他們家族的城堡遍布法國各地。離開這麼高貴的生活一定很難。凱蒂微笑地聽著，被深深打動了。

「真的，你只要看她一眼，」修女說，「就能知道她的出身，名門望族。」

「她那雙手，是我見過最美的。」凱蒂說。

「啊，你要是知道她是怎麼用這手做事的就好了。她不怕辛苦，我們的好媽媽。」

剛來到這座城市時，她們一無所有，是她們自己建起了修道院。院長制訂了計畫，並親自監督。她們一到這裡，就開始從嬰兒塔和殘忍的接生婆手裡救下那些沒人要的可憐女孩。起初，她們連睡覺的床都沒有，窗戶上連玻璃都沒有，無法擋住夜晚的寒氣（「沒有任何好處，」聖約瑟修女說，「只對身體有害。」）。常常，她們身無分文，不僅付不起蓋房的工錢，連簡單的飯食都難以應付，過得像貧民一樣。她是怎麼說的？意思是，法國的農民，那些幫她父親工作的人，見了她們吃的那些東西，都會直接拿去餵豬。後來，院長把女兒都叫到跟前，一起跪下祈禱；然後，聖母瑪利亞就送錢來了。第二天，就有一千法郎從郵局寄來，要不就是當她們跪著時，來了個陌生人，英國人（是個新教徒，如果這讓你高興的話），甚至一個中國人來敲門，給她們送來了禮物。有一次，她們陷入困境，便向聖母祈禱，說如果她來拯救她們，她們就念《九日經》來頌揚她。「你信不信？第二天，那位風趣的沃丁頓先生就來看我們，說我們看起來都想要一盤好吃的烤牛肉，就給了我們一百美元。」

「多麼滑稽的小男人，光禿禿的腦袋，古靈精怪的小眼（那麼小啊），還有他說的笑話。天哪，他簡直是在糟蹋法語，但你還是忍不住想笑。他總是很幽默，在這場可怕的瘟疫中，他始終像在度假一樣自由自在。他的心性和智慧都很法國化，很難相信他是英國人，除了口音。」但有時，聖約瑟修女認為，他是故意說錯，來逗你笑。當然，道德上不能對他求全責備，那是他自己的事（她歎了口氣，聳聳肩，搖搖頭）。

他是個單身漢，又是個年輕人。

「他道德有什麼問題，我的姊妹？」凱蒂笑著問。

「你不知道嗎？我要是告訴你，就是罪過，我不該多嘴說這事。他和一個中國女人住在一起，準確地說，是滿族女人。好像還是個格格，她瘋狂地愛著他。」

「聽起來不可能。」凱蒂叫道。

「不，不。我向你保證，一切千真萬確。他這樣很不道德。那種事真不該做。你沒聽見嗎？你第一次來修道院時，他不吃我特意做的瑪德琳點心，院長媽媽說，他的胃口被滿族人的飯菜慣壞了。她就是指這個，你應該看見他做了個鬼臉。這件事非常離奇。好像當年鬧革命時他正駐紮在漢口。到處都在屠殺滿人，這個善良的小個子沃丁頓救了一個大家族的命。他們是皇親國戚。那個女孩瘋狂地愛上了他——好了，其他的你能想到。後來，他離開漢口時，她便跑出來跟著他，現在無論到哪裡她都跟著他，他只好收留她。可憐的傢伙，我敢說他很喜歡她。她們很有女人味，那些滿族女人。唉，我都胡說些什麼啊，一大堆事等我做呢，我卻坐在這裡。我是個壞教徒。我為自己感到羞愧。」

52 凱蒂變了

凱蒂有種奇怪的感覺，自己變成熟了。從不間斷的工作，分散了她的注意力；對他人生活和人生前景的一瞥，喚醒了她的想像力。她開始恢復了精神，感覺自己變得更好、更堅強了。在她看來，她剛來這裡時除了哭什麼也做不了，但現在讓她驚訝甚至困惑的是，她突然發現自己經常因這事那事哈哈大笑。生活在可怕的瘟疫中心，似乎是很平常的事。她知道在自己身邊很多人正在死去，但她已經能夠坦然面對。院長禁止她進醫務室，一道道緊閉的門激起了她的好奇心。她本想偷偷看看，但那樣難免被人發現，不知道院長會怎麼懲罰她。要是被從這裡趕出去，那就糟透了。如今，她全心全意照顧那些孩子，要是她走了，她們會想她的；說真的，她不知道，要是沒了她，她們可怎麼辦。

一天，她突然發現，已經有一週都沒想過查理·湯森了，也從來沒有夢見過他。

她的心臟突然砰的一聲撞上了肋骨：她痊癒了。現在再想起他，她已經無動於衷了。她不再愛他了。哦，真是解脫，是一種解放的感覺！回想以前，她是多麼熾熱地愛著他，太奇怪了。她以為自從他辜負了她，自己幾乎活不下去了，以為生活從此除了痛苦別無他物。現在，她大笑不已。真是個一文不值的東西。她竟然把自己弄得那麼蠢！現在心平氣和地想想他，真不知道自己當初看上了他哪一點。幸虧沃丁頓一無所知，她可受不了他那不懷好意的目光，含沙射影的諷刺。她自由了，終於自由了，自由了！她禁不住放聲大笑。

孩子在玩鬧嬉戲，她常常縱容地笑著，在旁邊照看，吵得太凶就上前制止，要她們小心，別弄傷了誰。但現在她興高采烈，覺得自己和她們一樣，也是孩子，於是加入遊戲當中。小女孩高興地接納她，她們在房間裡追來趕去，扯開嗓門尖叫著，高興得像瘋了一樣。她們非常激動，興奮地跳到半空，聲音震翻天。

突然，門開了，院長站在門口。凱蒂頓時一臉羞愧，從抓著她狂呼亂叫的十幾個小女孩手裡掙脫出來。

「你就是這樣讓孩子乖乖的、保持安靜的嗎？」院長問，嘴角掛著一絲微笑。

「我們在玩遊戲，院長媽媽，她們太興奮了。是我的錯，我帶壞她們的。」

院長走上前來，孩子像平常那樣圍住了她。她把手放在她們小小的肩膀上，開玩笑地揪著她們黃色的小耳朵。然後，她用溫和的目光久久地看著凱蒂。凱蒂臉紅了，呼吸變得急促，清澈的眼睛閃閃發光，漂亮的頭髮在嬉鬧中弄亂了，樣子十分可愛。

「你太漂亮了，我親愛的孩子，」院長說，「看著你就讓人心裡歡喜，難怪這些孩子愛你。」

凱蒂臉更紅了，不知為什麼，眼裡突然滿是淚水。她連忙用手捂住臉。

「哦，院長媽媽，你太讓我感到羞愧了。」

「嗨，別傻了，美也是上帝的恩賜，是最稀有、最珍貴的禮物。如果有幸擁有，我們應該心存感激；如果沒有，也要感謝他人擁有，好讓我們感到快樂。」

她又笑了，好像凱蒂也是個孩子，輕輕拍了拍她柔嫩的臉龐。

53 寺院

自從在修道院工作，凱蒂就很少再見到沃丁頓。有兩三次，他到河邊來接她，兩人一起上山。他進門喝一杯威士忌加蘇打水，但很少留下吃飯。不過，有個禮拜天，他建議他們帶上午餐，坐轎前往一座寺院，在城外十英里遠，是遠近聞名的朝聖之地。院長堅持讓凱蒂一週休息一天，禮拜天不工作，沃爾特當然還像往常一樣忙。

為了趕在正午酷熱之前到達，他們早早出發，坐上轎子，沿著稻田間一條狹窄的田埂前行。時不時地，他們經過幾座緊緊依偎在竹林中的農舍，賞心悅目。凱蒂十分享受這種安閒；關在城裡太久，如今放眼四處廣闊的鄉野，心情特別愉快。來到寺院，只見河邊散落著幾座低矮的建築，掩映在綠樹濃蔭中，滿面笑容的僧侶帶領他們穿過空寂肅穆的庭院，觀看那些供奉著各種怪臉神靈的廳堂。大殿裡端坐著佛陀，渺遠、慈悲，若有所思，不即不離，面帶微笑。這裡一片頹敗的景象：富麗堂皇的屋宇年久失修，早已損毀；一座座佛像落滿塵土，修寺建廟的信仰正在滅亡。僧人似乎被勉強留著，像是在等搬遷通知。方丈彬彬有禮，微笑中帶著聽天由命的嘲弄。要不了多久，這些僧人就會離開這片陰涼宜人的樹林，搖搖欲墜、被人忽視的建築會被狂風暴雨吞噬，被無情的自然包圍。蔓生的野草會纏繞住那些被遺棄的佛像，庭院裡會長出新的樹木。如此，神便不再安居此處，留下的只有黑暗的惡魔。

54 滿族格格

他們坐在一棟小樓前的臺階上（四根油漆柱子，高高的瓦簷下掛著一個巨大的銅鐘），望著河水曲曲折折、緩緩地流向受災的城市，遠處是鋸齒狀的城牆，熱氣像棺材蓋布一樣籠罩著它。河水雖然流得很慢，卻依然在動，讓人感覺到一種世事無常的憂傷。一切終將逝去，能留下什麼痕跡？凱蒂覺得，他們所有的人，甚至整個人類，就像這條河裡的水滴，不停地流淌，彼此如此接近卻又如此遙遠，最終匯成一股無名的巨流，奔向大海。一切轉瞬即逝，都不重要，但世人卻對微不足道的事那麼重視，讓自己也讓別人不快，這似乎太可悲了。

「你知道哈靈頓花園嗎？」她問沃丁頓，美麗的雙眼微笑著。

「不知道，怎麼了？」

「沒什麼，只是離這裡很遠。我的家人都在那裡。」

「你想回家了嗎？」

「不想。」

「大概再過兩個月，你就可以離開這裡了。瘟疫似乎正在減輕，等天氣涼了，應該就結束了。」

「我都捨不得走了。」

一時間，她想到了將來。不知道沃爾特心裡怎麼打算。他對她閉口不提，還是那麼冷漠、禮貌、沉默，難以捉摸。河裡的兩滴小水滴，默默地流向未知的世界；兩滴小水滴對它們自己來說很獨特，但在外人看來，卻普通得無法在河水中辨識。

「當心那些修女改變你的信仰。」沃丁頓壞笑著說。

「她們太忙了。況且也不在乎。她們太好了，很善良。不過——真不知道怎麼解釋——她們跟我之間有一堵牆。不知道是什麼。就像她們有一個祕密，能讓她們的人生完全不同，但不值得分享給我。這不是信仰，而是更深刻、更重要的東西；她們走在一個不同的世界，對她們來說，我們永遠是陌生人。每天，當修道院的門在我身後關上，我都覺得對她們而言，我已不存在了。」

「我理解，這對你的虛榮心是個打擊。」他嘲弄地回答。

「我的虛榮心。」凱蒂聳聳肩，然後又笑了笑，懶洋洋地轉向他。

「你為什麼都不告訴我，你和一個滿族格格住在一起？」

「那些三姑六婆都跟你說了些什麼？我敢肯定，討論一個海關官員的私事，對修女來說可是罪過。」

「你為什麼這麼敏感？」

沃丁頓低下頭，向旁邊瞥了一眼，一副狡猾的樣子。他微微聳了聳肩。

「這種事不能到處亂說。我不知道，這會不會增加我的升遷機會。」

「你很喜歡她嗎？」

這時，他抬起頭來，那張小丑臉，看起來像個淘氣的小學生。

「為了我，她放棄了一切，家庭、親人、安逸，還有自尊。她拋棄一切跟著我，已經好多年了。有兩三次，我把她打發走了，但她總是又回來；我自己也從她身邊溜走過，但她始終跟著我。現在，我不會再白費力氣了，我想，我得忍著和她過一輩子。」

「她一定愛你愛得發瘋。」

「這是很難解釋的感情，你知道。」他回答，困惑地皺著眉頭，「我毫不懷疑，如果我真離開她，真的，她肯定自殺。不是她恨我，而是自然而然，因為沒有我，她就不想再活。瞭解到這一點，感覺很奇怪，對你來說肯定意味著什麼。」

「但是，重要的是愛，而不是被愛。一個人甚至都不會去感激愛他的那些人。如果他不愛他們，他們就只會讓他厭煩。」

「我沒被那麼多人愛過，」他回答，「愛我的只有一個。」

「她真是皇室格格嗎？」

「不，那是修女的浪漫誇張。她出身滿族的一個大家族，是一位非常高貴的千金。」

說這話時，他帶著自豪的口氣，凱蒂眼裡閃過一絲微笑。

「那你打算在這裡待一輩子？」

「在中國？對。她去別的地方要怎麼活？等我退休，我會在北京買一個小房子，在那裡度過餘生。」

「你們有孩子嗎？」

「沒有。」

她好奇地看著他。這個長著猴臉的禿頭小個子男人，竟讓一個異國女子愛得死去活來，真是怪了。儘管他說得漫不經心，措辭隨意，卻給凱蒂留下了很深的印象。那個女人居然全心全意、瘋狂地愛著他，這讓凱蒂有些不解。感覺有點亂。

「這裡離哈靈頓花園似乎真的很遠。」她笑了。

「怎麼這麼說？」

「我什麼都不懂。生活太奇怪了。我覺得自己就像個一輩子住在鴨塘邊的人，突然被帶到了大海，有點喘不過氣來，但又興高采烈。我不想死，我想活下去。於是有了新的勇氣。我覺得自己就像一個啟航前往未知海域的老水手，我想，我的靈魂渴求未知的一切。」

沃丁頓若有所思地看著她。她的目光怔怔地落在平緩的河面上。兩滴小水滴默默地、默默地，向黑暗而永恆的大海流去。

「我可以去看望滿族小姐嗎？」凱蒂抬起頭，突然問。

「她一句英語都不會說。」

「你一直對我很好，為我做了很多，或許，我可以友善地向她表示一下。」

沃丁頓帶著嘲弄的神色淡淡一笑，但回答得很愉快。

「哪天我去接你，她會為你端上一杯茉莉花茶。」

她不願告訴他，從一開始，這段異國戀就讓她異常著迷。現在，滿族格格站在那裡，象徵著什麼，隱隱約約，卻又不住地向她招手，不可思議地為她指明一片神祕的精神之地。

55 懷孕

但一兩天後，發生了一件讓凱蒂意想不到的事。

像往常一樣，她去了修道院，開始一天中的第一件工作：照看孩子洗漱穿衣。由於修女堅信夜晚的空氣有害，所以宿舍裡的氣味又悶又臭。從清晨的新鮮空氣中走進屋，凱蒂總覺得有點不舒服，於是趕緊打開窗戶。但今天她突然感覺難受，頭昏腦脹，只好站在窗前，想鎮定下來。以前，她從來沒有這種糟糕的感覺。很快，她噁心得厲害，嘔吐起來。這可嚇壞了那些孩子，跑過來幫她的那個大女孩見凱蒂臉色蒼白，渾身發抖，頓時驚叫起來。霍亂！這念頭在凱蒂腦子裡閃過，隨後，一種瀕死的感覺朝她襲來；她嚇得魂不附體，掙扎了一會兒，抵抗著似乎順著血管流遍周身的惡魔。她難受極了，突然眼前一黑。

等她睜開眼睛，一時不知道自己在哪裡。好像躺在地板上，微微動了動頭，感覺下面墊著枕頭。她什麼都不記得了。院長跪在她身邊，拿著嗅鹽湊近她的鼻子，聖約瑟修女站在一邊看著。這時，那個可怕的念頭又回來了：霍亂！她看到修女神色驚慌。聖約瑟修女看起來很高大，輪廓模糊。恐怖再次讓她喘不過氣來。

「哦，媽媽，媽媽，」她抽泣著說，「我是不是要死了？我不想死。」

「你當然不會死的。」院長說。

她鎮定自若，眼裡甚至帶著一絲喜悅。

「但這是霍亂啊。沃爾特在哪裡？有人去叫他了嗎？哦，媽媽，媽媽。」

她突然淚如雨下。院長伸過手來，凱蒂一把抓住它，就像抓住了她害怕失去的小命。

「好了，好了，我親愛的孩子，可別這麼傻。這不是霍亂，也不是別的病。」

「沃爾特在哪裡？」

「你丈夫太忙了，不想打擾他。再過五分鐘，你就會好起來。」

凱蒂用疲憊而焦慮的目光盯著她。她怎麼這麼鎮靜？太殘忍了。

「安安靜靜躺一會兒，」院長說，「什麼也不用擔心。」

凱蒂感覺自己的心狂跳不已。她已經習慣了整天想著霍亂，還以為自己根本不可能染上。唉，她真傻！知道自己快要死了，她很害怕。幾個女孩搬來一把藤條長椅，放在窗前。

「來，我們抬你起來，」院長說，「坐在藤椅上更舒服些。你覺得站得起來嗎？」

她把兩手伸到凱蒂腋下，聖約瑟修女扶她站起來。她有氣無力地坐在椅子上。

「我還是把窗戶關上，」聖約瑟修女說，「清晨的空氣對她不好。」

「不，不，」凱蒂說，「開著吧。」

看到藍天，她有了精神。她受了驚嚇，但現在確實感覺好多了。兩位修女默默看了她一會兒，聖約瑟修女對院長說了句什麼，她沒聽懂。然後，院長在椅子旁坐下，拉起她的手。

「聽我說，親愛的孩子……」

她問了一兩個問題，凱蒂回答了，不知道怎麼問這些。她嘴唇顫抖，幾乎說不出話來。

「這就沒問題了，」聖約瑟修女說，「這種事可騙不了我。」

她小聲地笑了，凱蒂發覺她似乎有點興奮，顯出十分關心的神情。院長依然握著凱蒂的手，溫柔地笑了。

「這種事情，聖約瑟修女比我有經驗，親愛的孩子，她馬上就告訴你怎麼回事。她顯然是對的。」

「這是什麼意思？」凱蒂焦急地問。

「很明顯。你沒想過會發生這種事嗎？你懷孕了，親愛的。」

凱蒂驚呆了，渾身一陣顫慄。她把腳落在地上，彷彿要跳起來。

「躺著別動，躺著別動。」院長說。

凱蒂感到自己滿臉通紅，她把手捂在胸口上。

「不可能，這絕不是真的。」

「她說什麼？」聖約瑟修女問。

院長翻譯給她，聖約瑟修女那張樸實的寬臉上紅光閃耀，眉開眼笑。

「錯不了，我拿人格向你保證。」

「你結婚多久了，孩子？」院長媽媽問道，「哎呀，我嫂子結婚這麼久的時候，已經有兩個孩子了。」

凱蒂又坐回椅子。她心如死灰。

「我真慚愧。」她低聲說。

「因為你要生孩子了？為什麼，還有比這更自然的事嗎？」

「醫生該多高興啊。」聖約瑟修女說。

「是啊，想想你丈夫有多幸福。他一定高興死了。你只要看看他平常和孩子在一起的樣子，看看他和孩子玩耍時的表情，就知道他要是有了自己的孩子，會有多興奮。」

好一會兒，凱蒂沉默不語。兩位修女饒有興趣地看著她，院長撫摸著她的手。

「我以前竟沒想到這個，真是太傻了。」凱蒂說，「不管怎樣，很高興不是霍亂。我感覺好多了。我要回去工作。」

「今天可不行，我親愛的孩子。你受了驚嚇，最好回家休息一下。」

「不，不，我要留下來工作。」

「聽我的。如果讓你這麼輕率，我們的好醫生會怎麼說？要是你願意來，就明天，或者後天，但今天必須好好休息。我派人去叫轎子，要不要派個女孩陪你回去？」

「哦，不，不，我一個人可以。」

56 沃爾特回來了

凱蒂躺在床上，百葉窗關著。午飯後，僕人都睡了。今天早上知道的事（現在她確信無疑），讓她驚訝不已。回到家後，她一直思來想去，但腦中一片空白，無法集中注意力。突然，她聽到一陣腳步聲，感覺是靴子，不可能是男僕。她緊張地喘息著，意識到是她丈夫。他進了客廳，叫了她一聲。她聽見了，但沒回答。片刻安靜之後，響起了敲門聲。

「誰？」

「我可以進來嗎？」

凱蒂下床，穿上晨衣。

「進來吧。」

他走了進來。她很慶幸百葉窗關著，陰影遮住了她的臉。

「希望沒吵醒你。我敲門非常非常輕。」

「我一直沒睡著。」

他走到一扇窗前，打開百葉窗。溫暖的陽光頓時湧入房間。

「你怎麼了？」她問，「為什麼回來得這麼早？」

「修女她們說你身體不太舒服。我想，最好回來看看怎麼了。」

她心裡閃過一絲怨恨。

「如果是霍亂，你會說什麼？」

「要是霍亂，今天早上你肯定回不來了。」

她走到梳妝檯前，拿起梳子梳理著她的短髮，為了爭取一點時間。然後，她坐下，點了根菸。

「今天早上，我不太舒服，院長覺得我最好還是回來。但現在完全好了。明天照常去修道院。」

「到底怎麼了？」

「她們沒告訴你嗎？」

「沒有，院長說，你會親口告訴我。」

他現在的樣子很少見，直直地盯著她的臉，職業本能勝過感覺。她猶豫了片刻，隨即強迫自己看著他的眼睛。

「我懷孕了。」她說。

她早就習慣了，當她說一句本以為能讓他驚訝的話，他總是沉默以對，但從未像現在這樣讓人氣憤。他一言不發，一動不動，面無表情，那雙黑眼睛裡也看不出變化，表示他聽到了。她突然很想哭。如果一個男人愛他的妻子，他的妻子也愛他，這個時候，他們本該萬分激動而緊緊相擁。沉默令人無法忍受，她叫了起來。

「我不知道，為什麼以前我從沒想過。我太蠢了，但是……反正是有原因……」

「你有多久了……大概什麼時候生？」

他費了好一番工夫才說出這話。她感覺他的喉嚨和自己的一樣乾。真是討厭，她感覺自己說話時嘴唇發抖。如果他不是鐵石心腸，一定會憐惜她吧。

「應該有兩三個月了。」

「我是父親嗎？」

她倒吸一口冷氣，聽出他的聲音微微發顫。他那冷酷的自制力，使得哪怕最細微的情感表達都會讓她震驚不已，這太可怕了。不知為什麼，她突然想到在香港見過的一種儀器，上面有一根指針輕輕振動，有人告訴他，那代表千里之外發生了地震，會有成千上萬的人喪命。她看著他。他臉色慘白。這種蒼白她以前見過一兩次。他低下頭，斜看著一邊。

「是嗎？」

她緊握住兩手。她知道，如果她說「是」，那對他來說將意味著一切。他會相信她，他當然會相信她，因為這如他所願，然後他會原諒她。她知道他情意綿綿，也知道他是多麼樂意宣洩，儘管他是那麼羞怯。她知道他不記仇，只要給他一個理由，打動他，他就會徹底原諒她。她可以指望他永遠忘記過去。他可能殘忍、冷酷甚至病態，但他既不卑鄙也不小氣。如果她說「是」，一切都可能改變。

而且，她迫切需要同情。突然知道自己懷孕了，讓她心裡充滿了奇思怪想和希望。她感到虛弱，有點害怕，也很孤獨，因為遠離了所有的朋友。儘管她很少想起她的母親，但這天早上，她突然渴望待在她身邊。她需要幫助和安慰。她不愛沃爾特，知道自己永遠不會愛他，但此時此刻，她一心渴望他能把自己摟在懷裡，讓她把頭依偎在他胸前，緊緊地抱住他，這樣她就能痛快地哭一會兒。她想讓他吻她，想緊緊地摟住他的脖子。

她潸然淚下。撒了那麼多謊，再撒一個很容易。如果撒謊有好處，再撒一次有什麼關係？謊言、謊言，什麼是謊言？說「是」多麼容易啊。她彷彿看見沃爾特的眼神變得溫和了，朝她伸出了雙臂。但不知為什麼，她說不出來，就是說不出來。在最近痛苦的幾個星期裡，查理的無情、霍亂和眾人的死亡，還有那些修女，甚至那個滑稽的小個子酒鬼沃丁頓，這一切似乎都改變了她，讓她認不出自己；雖然她被深深地打動，但似乎有一個旁觀者在她的靈魂深處驚恐而又好奇地看著她。她得說實話，撒謊似乎不值得。她思緒萬千，恍惚間彷彿又看見了院腳下那個死去的乞丐。怎麼會想起他呢？她沒有抽泣，眼淚很輕易地順著臉龐流了下來。他是不是孩子的父親？終於，她做了回答。

「我不知道。」她說。

他咯咯地笑了，這讓凱蒂不寒而慄。

「有點尷尬，不是嗎？」

他回答得很符合他的個性，和她心想的如出一轍，但還是讓她的心猛地一沉。不知道他意識到沒有，對她來說，實話實說有多難（同時她也意識到說實話並不難，只是不可避免），是不是該表揚她。她的回答，「我不知道」、「我不知道」，像錘子一樣在她腦中敲擊，現在不可能收回來了。她從包包裡掏出手帕，擦乾眼淚。二人無話。她床邊的櫃子上放著一支虹吸管，他倒了杯水，端給她，喝的時候為她托著杯子。她注意到他的手，多麼消瘦，原來那麼整潔的一雙手，纖細，長著長長的手指，現在簡直皮包骨頭，還有些顫抖；他可以控制自己的表情，但手出賣了他。

「別嫌我哭。」她說，「其實沒什麼，只是忍不住，眼淚就流出來了。」

她喝完水，他把杯子放回去，坐在椅子上，點燃一根菸，輕輕歎了口氣。有一兩次，她聽到他這樣歎息，每次都讓她心驚肉跳。現在，她看著他，只見他出神地望著窗外，她驚訝地發現，這幾週竟然沒注意到他變得這麼瘦：太陽穴凹陷了，臉上的骨頭顯了出來，衣服鬆鬆垮垮套在身上，就像穿著別人的大衣服；臉因曝曬而顯得十分蒼白，泛著綠色，整個人看起來疲憊不堪。他工作辛苦，廢寢忘食。她在自己的悲痛不安中似乎找到了同情他的餘地。想到自己什麼也幫不上他，未免太殘忍了。

他把手放在額頭，好像頭痛，她感覺他腦子裡也在瘋狂敲擊著那句話：「我不知道」、「我不知道」。奇怪的是，這個喜怒無常、冷酷而又害羞的男人竟然對那些小孩會有一種天然的感情。大多數男人對自己的孩子都不太在乎，但修女不止一次說起他，既感動又覺得有趣。如果他對那些滑稽的中國孩子都那麼好，那對自己的孩子又會怎樣？凱蒂咬著嘴唇，不讓自己哭出來。

他看了看手錶。

「恐怕我得回城裡去了。今天還有很多事要做……你可以吧？」

「哦，可以，你不用管我。」

「晚上就不用等我了。我可能很晚才回來。我會去余上校那裡弄點吃的。」

「好吧。」

他站了起來。

「如果我是你，今天就什麼也不做。放鬆最好。我要走了，你還有事嗎？」

「沒有，謝謝。我會很好的。」

他沉吟片刻，好像猶豫不決，然後突然拿起帽子，沒看她一眼就走出了房間。她聽見他穿過了院子，感到自己非常孤獨。現在沒必要克制了，她放鬆下來，熱淚盈眶。

57 敞開心扉

夜晚悶熱難耐，凱蒂坐在窗前，望著遠處中國寺院那些怪誕不經的屋頂，在星空的映襯下顯得格外幽暗。終於，沃爾特走了進來。她哭得眼皮腫脹，但現在很鎮定。儘管很多事讓她懊惱，但也許是因為筋疲力竭，她顯得異常平靜。

「我還以為你睡了。」沃爾特說。

「我不睏，坐著涼快些。你吃飯了嗎？」

「吃得很好。」

他在狹長的屋裡走來走去，明顯有話要說。她知道他很尷尬，心平氣和地等著他下決心。他忽然開口了。

「我一直在想下午你說的事。你最好離開這裡。我跟余上校說過了，他會派人送你。你可以帶上阿媽一起走，不會有事的。」

「你要我去哪裡？」
「可以去你媽那裡。」
「你覺得，她會想看到我嗎？」
他沉吟片刻，猶豫不決，似乎在想什麼。
「那你就回香港。」
「我回那裡幹什麼？」
「得有人好好照顧你關心你。你留在這裡，我覺得不公平。」
她有些想笑，不僅是苦澀的，也是坦率的笑。她瞥了他一眼，差點笑出聲來。
「真不知道，你為什麼這麼擔心我的身體。」
他走到窗前，駐足凝望著外面的夜色。晴朗的夜空，從來沒有這麼多星星。
「這種地方，不適合你現在的情況。」
她看著他，在黑暗的襯托下，他身上的薄衣服顯得發白，優美的側影帶著某種不祥的東西，奇怪的是，這種東西現在並不讓她感到恐懼。
「你堅持要我來，是希望我染疫而死嗎？」她突然問道。
他沉默良久，沒有回答，她以為他假裝沒聽見。
「一開始是。」
她微微一顫，這是他第一次承認自己的意圖。但她並沒有因此恨他，這種感情，連她自己也感到驚訝：這裡面有一種欽佩，還有一種淡淡的趣味。不知為什麼，她忽然想到查理．湯森，這個卑鄙的傻瓜。

「你這麼做很冒險，」她回答說，「憑你敏感的良心，我不知道，要是我死了，你會不會原諒自己。」

「嗯，你沒死。反倒更有生機了。」

「我這輩子，從來沒像現在這麼好。」

她本能地想聽任他冷嘲熱諷下去。畢竟，經歷了這麼多，又生活在這麼恐怖、淒涼的境地，似乎不該把男女苟且之事看得太重。當死神站在牆角，像園丁挖馬鈴薯一樣輕易奪走一個個生命，這時候還在乎誰做了玷汙自己的事，實在愚蠢。如果她能讓他知道，查理對她來說是多麼渺小，就連現在回想起他的容貌也很難了，她對他的愛已經完全從她心裡消失了，那該多好！因為她對湯森已經沒了感情，所以跟他做過的事也就失去了意義。她已經收心了，曾經委身於人似乎已不重要。她真想對沃爾特說：「聽著，你不覺得我們一直以來都太傻了嗎？就像孩子一樣生悶氣。為什麼不能親吻、做朋友？不能因為不是戀人，連朋友都不能做。」

他一動不動地站著，燈光使那張冷漠的臉白得瘆人。她才不相信他，如果她說錯了話，他就會用這種冷酷而又嚴厲的態度來責備她。現在，她已經知道他極其敏感，他尖酸刻薄的嘲諷是一種自我保護，當感情受到傷害，他就會飛快地關上心扉。一下子，她對他的愚蠢感到惱火。當然，最讓他煩惱的是他的虛榮心受到了傷害，她隱隱覺得，這種創傷最難癒合。奇怪的是，男人如此重視妻子的忠誠。當她第一次和查理約會時，她以為會有完全不同的感覺，變成另一個女人，但最後還是和從前一樣，只是感到快樂，更有活力。現在，她真想告訴沃爾特，說孩子是他的，謊言對她而言不算什麼，但這麼保證對他來說會是莫大的安慰。說到底，這也許不是謊言。真好笑，她心裡有某種東西，使她沒法去想懷疑有什麼好。男人真蠢啊！他們在生育的過程中無足輕重，是女人辛苦懷胎十月，最後忍痛生下孩子，但男人卻因一時之歡總想荒唐地確認自己是父親。為什麼這會左右他對孩子的感情？然後，凱蒂的思緒又轉到她肚子裡的孩子身上；但她不是帶著感情，更沒有母性的激動，只是空落落地感到好奇。

「要我說，你該仔細考慮一下。」終於，沃爾特打破了沉默。

「考慮什麼？」

他微微側過身子，看起來很驚訝。

「你什麼時候走。」

「但我不想走。」

「為什麼？」

「我喜歡在修道院工作。我覺得，我在變得有用。你在這裡待多久，我就願意待多久。」

「我覺得應該告訴你，以你目前的情況，會更容易染上周圍的各種疾病。」

「我喜歡你這麼慎重。」她語帶嘲諷地笑了。

「你不是為了我才留下吧？」

她猶豫了一下。他根本不知道，現在他在她心中激起了最強烈、最意想不到的感情，那就是：遺憾。

「不是。你不愛我。我總覺得，我讓你厭煩。」

「真沒想到你是這種人，竟然為了幾個古板的修女和一幫中國的小屁孩而大費周折。」

她的唇上綻出了微笑。

「就因為你對我做了非常錯誤的判斷，你才鄙視我，我覺得這很不公平。你就是這麼蠢，不能怪我。」

「如果你執意留下，你當然可以這麼做。」

「對不起，沒給你展現寬宏大量的機會。」她驚訝地發現自己很難跟他認真，「事實上，你說得很對，我留下來，不只是為了那些孤兒。你看，我的處境多麼特殊，這世上沒一個人我能投奔。我認識的人沒一個不覺得我討厭，也沒一個在乎我的死活。」

他皺了皺眉，但沒生氣。

「我們把事情都搞砸了，不是嗎？」他說。

「你還想跟我離婚嗎？我可一點都不在乎。」

「你一定知道，把你帶到這裡來，就等於我原諒了你犯的錯。」

「我不知道。你看，我沒研究過不忠。我們離開這裡以後怎麼辦？還要生活在一起嗎？」

「哦，你不覺得，我們可以把一切交給將來嗎？」

他的聲音帶著死一般的疲倦。

58
沃丁頓的愛情

兩三天後，沃丁頓去修道院接凱蒂（她焦躁不安，馬上又去工作了），照原先說的，帶她去他情婦那裡喝茶。凱蒂不止一次在沃丁頓家吃過飯。這是一座方正、白色、顯得浮誇的建築，和中國各地為海關官員修建的大樓一樣；在吃飯的餐廳、就坐的客廳都擺著古板而又結實的家具。房子的外觀，既像辦公室又像旅館，一點都沒有家的感覺，如此你便知道，這些房子只是繼任者臨時逗留之地。你也根本不會想到，神祕或者浪漫的戀情，會在樓上悄然發生。他們走了一段樓梯，沃丁頓打開一扇門。凱蒂走進一個空蕩的大房間，只見粉白的牆上掛著各種書法捲軸。在一張方桌旁，擺著一把堅固而精雕細琢的黑檀木扶手椅，那個滿族女人坐著。見凱蒂和沃丁頓進來，她站起身，但並未向前邁步。

「這就是她。」沃丁頓說，隨後又說了句中國話。

凱蒂和她握手。她身材苗條，穿著刺繡旗袍，比看慣了南方人的凱蒂心裡預期的要高些。淡綠色的絲綢夾衣，緊口的袖子蓋住了手腕，一頭黑髮精心盤著，上面戴著滿族婦女的頭飾。她臉上敷了香粉，面頰從眼睛到嘴唇都塗著胭脂；眉毛修成一對細細的黑線，嘴呈猩紅色。在這張面具上，那雙微微傾斜的黑色大眼睛炯炯有神，彷彿玉液噴流的湖泊。她更像神像，而不是女人。她的動作緩慢而又穩重，給凱蒂的印象是她有點害羞，也很好奇。沃丁頓向她介紹凱蒂時，她點了兩三下頭，看著凱蒂。凱蒂注意到，她的手極其修長、纖細，如象牙一般，精緻的指甲上塗著油彩。凱蒂覺得，自己從未見過這麼漂亮的手，那雙手慵懶、優雅，表明了數百年以來的教養。

她話不多，聲音很尖，就像花園裡嘰喳的小鳥，沃丁頓翻譯著，她說很高興見到凱蒂；問她多大了，有幾個孩子。他們在方桌旁的三張直背椅上坐下，一個男僕端來茶，淡淡的顏色，散發著茉莉的芬芳。滿族小姐遞給凱蒂一個綠色鐵盒，是三堡牌香菸。除了桌椅，屋裡還有些家具。一張寬大的床上，放著一個繡花枕頭和兩個檀木箱子。

「她整天都在做什麼？」凱蒂問。

「畫畫，有時寫詩。但大部分時間都閒著。她吸煙，但不多。幸虧是這樣，因為我的職責之一就是禁止買賣鴉片。」

「你吸大煙嗎？」凱蒂問。

「很少。說實話，我更喜歡威士忌。」

房間裡有股淡淡的刺鼻味，但不難聞，很奇特，有點異國情調。

「告訴她，我很遺憾沒法和她說話。我相信，我們其實有很多話可說。」

這話翻譯給滿族女人，她迅速瞥了凱蒂一眼，露出一絲微笑。她正襟危坐，令人印象深刻，化過妝的臉上，一雙眼睛顯得謹慎、沉著、深不可測。看起來，她很不真實，像幅畫，但又有一種優雅，讓凱蒂自慚形穢。命運把凱蒂拋到這裡，她對中國的關注從來都是倉促的甚至輕蔑的。她圈子裡的人都沒仔細想過。現在，她似乎突然有了一點頭緒，感覺到某種遙遠而又神祕的東西，那便是東方、古老、黑暗、不可思議。西方的信仰和理想，和她在這個精緻的造物身上捕捉到的相比，似乎顯得粗糙。這是一種完全不同的生活，處在不同的水準上。凱蒂感覺奇怪，見到這個面施脂粉、目光傾斜而又警惕的神像，使得她所知道的日常世界的艱辛痛苦都顯得有點可笑。那彩色的面具下，似乎隱藏著豐富而深刻的祕密以及意義深遠的經驗，那修長、纖細、長著尖利手指的手，似乎掌握著解開未知之謎的鑰匙。

「她一天都在想什麼？」凱蒂問。

「沒想什麼。」沃丁頓笑了。

「她太美了。告訴她，我從沒見過這麼漂亮的手。真不知道她看上你什麼了。」

沃丁頓微笑著把這個問題翻譯過去。

「她說我人很好。」

「就像一個女人，因為一個男人的美德才愛上他一樣。」凱蒂嘲笑道。

滿族女人只笑過一次。當凱蒂為了找話說，對她戴的玉鐲不吝讚美。她便摘了下來。凱蒂想戴上，才發現儘管自己的手也很小，鐲子卻套不上她的指關節。滿族女人一下像小孩那樣哈哈大笑起來。她對沃丁頓說了句什麼，又叫阿媽過來，吩咐了，很快，阿媽便拿來一雙非常漂亮的滿族鞋子。

「如果你能穿上，她想把鞋送給你。」沃丁頓說，「在臥室當拖鞋滿好的。」

「非常合適。」凱蒂不無滿足地說。但她注意到，沃丁頓一臉壞笑。

「她穿起來是不是太大？」她忙問。

「大了好幾英里。」

凱蒂大笑起來，沃丁頓翻譯過去，滿族女人和阿媽也笑了。

過後不久，當凱蒂和沃丁頓一起上山，她和氣地微笑著轉向他。「你可沒跟我說過，你對她有很深的感情。」

「為什麼這麼說？」

「從你眼裡看到的。很奇怪，一定像是愛上了一個幽靈或一個夢。男人真是不可估量，我還以為你和別人一樣，現在我覺得一點都不瞭解你。」

當他們走到平房，他突然問她：「你為什麼想要見她？」

凱蒂猶豫了片刻才回答。

「我在尋找一樣東西，但不清楚是什麼。然而我知道，這對我來說很重要，要是找到了，一切就會完全不同。也許，那些修女知道；跟她們在一起，我感覺她們藏著一個不願和我分享的祕密。不知道為什麼會突然想到，要是見到這個滿族女人，我就會有一點線索，弄清楚自己在找什麼。她要是知道，也許會告訴我。」

「你憑什麼認為她知道？」

凱蒂瞟了他一眼，沒回答，反而問了他個問題。

「你知道是什麼嗎？」

他笑著聳了聳肩。

「道。我們有些人在鴉片中尋找，有些人在上帝中尋找，有些人在威士忌中尋找，或者在愛中尋找。所有的道最終只有一條，但它不通往任何地方。」

59

修女的關心

凱蒂又投入她那愉快的日常工作之中，儘管一大早她覺得不太舒服，但精神夠好，不會讓她心煩意亂。她很驚訝，修女對她十分熱情，以前，她們只是在走廊裡遇見時向她道聲早安，現在，隨便找個什麼藉口就走進她待的房間，看看她，聊一會兒天，帶著一種甜蜜而又孩子氣的興奮。聖約瑟修女反覆問她，這幾天她都在想什麼，問完了非常乏味的問題，她會說：「哦，我有點懷疑」，或者，「我不會感到驚訝」。而當凱蒂暈倒時，她會說：「毫無疑問，這一眼就能看出來。」她又長篇大論地跟凱蒂說她嫂子坐月子的事，要不是凱蒂附和，這些故事一點也不讓人感到驚奇。以一種愉快的方式，聖約瑟修女把她成長的真實處境（一條小河蜿蜒流過她父親農場的草地，岸上的楊樹在微風中輕輕搖晃）和宗教傳說緊密結合在一起。一天，她對凱蒂說，她堅信一個異教徒不可能知道天使報喜的事。

「每次在《聖經》上讀到這段，我就忍不住哭。」她說，「不知為什麼，但它就是讓我有這麼奇怪的感覺。」

然後，她用凱蒂聽來不熟悉的法語，引用這段經文，精確的詞句有點冰冷：

「天使進去，向她說，萬福，充滿恩寵者，主與你同在，在女人中你是蒙祝福的。」

凱蒂懷孕的祕密，像吹拂在百花果園裡的輕風一般傳遍了修道院。想到凱蒂有了孩子，那些不能生育的女人既騷動又興奮。她們被她嚇了一跳，又對她很著迷，帶著那種粗魯的常識看待她身體的變化，因為她們都是農民或漁夫的女兒。但她們孩子一樣的心裡充滿了敬畏，一想到她的負擔就愁眉不展，同時又覺得幸福，異常興奮。聖約瑟修女告訴她，她們都在為她祈禱。聖馬丁修女說，可惜她不是天主教徒；但院長責備她，說即使新教教徒也有可能成為好女人——一個嶄新女人——她說，即使是新教教徒，上帝也會按照某種方式安排好一切。

看到自己引起這麼大的關注，凱蒂深深感動，也很高興，但讓她驚訝的是，就連聖潔而嚴肅的院長，也以一種全新的殷勤態度對待她。她對凱蒂一向很好，只是態度冰冷；現在，她變得那麼溫柔，想必是有母愛的成分；她的聲音變得柔和，她的眼睛裡突然有了嬉笑的神色，彷彿凱蒂是個孩子，剛做了件聰明而又有趣的事。真是奇怪又動人。她的心靈彷彿一片平靜而幽暗的大海，波濤滾滾中陰沉得令人畏懼，突然，一縷陽光讓它變得機敏、親近而又愉悅。現在，院長經常傍晚過來，和凱蒂坐會兒。

「我得小心不讓你受累，我的孩子，」她說，明顯是給自己找藉口，「否則，費恩醫生絕不會原諒我。唉，英國人的自制力！他心裡欣喜如狂，但你跟他說起這事，他卻一臉蒼白。」

她拉起凱蒂的手，深情地拍了拍。

「費恩醫生說，他希望你離開這裡，但你不願意，因為捨不得離開我們。你真好，我親愛的孩子，我想讓你知道，我們很感謝你的幫助。你應該也不想離開他，這樣更好，你應該陪在他身邊，他需要你。啊，要是沒有這個可敬的人，我們真不知道該怎麼辦。」

「他能為你們做些事，我感到很高興。」凱蒂說。

「你可得一心愛他，親愛的。他是個聖人。」

凱蒂笑了，心裡卻歎口氣。現在，她只能為沃爾特做一件事，卻想不出怎麼做。她希望他能原諒她，不再是為了她，而是為了他自己，因為她覺得，只有這樣他才能安心。求他原諒沒用，如果他懷疑，她是為了他而不是為了她自己考慮，他那頑固的虛榮心，會使他不惜一切代價拒絕的（奇怪，他的虛榮心現在已經無法激怒她，這似乎很自然，只會讓她更為他感到難過）；唯一的機會就是發生什麼意外的事，讓他失去警惕。她有了個主意，覺得他會樂於接受一次感情的大爆發，將他從怨恨的噩夢中解放出來。但是，就他那可憐的愚蠢脾氣，到時，他還是會拚命反抗到底。

人生如此短暫，世界充滿了痛苦，人卻還要折磨自己，豈不太可憐了嗎？

60 院長的智慧

儘管院長和凱蒂談話不過三、四次，有一兩次也就十分鐘，但她還是給凱蒂留下了深刻的印象。她的性格就像一片原野，乍看感覺遼闊，但並不好客；然而不久你會發現，在巍巍的山巒中，有一片片掩映在果樹叢中歡樂的村莊，碧綠的草地上，緩緩流淌著一條條歡快的小河。儘管這些宜人的景色讓你驚訝，甚至閒適，但在這片狂風肆虐的黃土高地上，並沒有讓你感到賓至如歸。要和院長親近不可能；在她身上，有一種不帶感情色彩的東西，這一點，凱蒂在其他修女身上也感覺到了，甚至那位幽默健談的聖約瑟修女也是如此，但和院長之間的障礙似乎顯而易見。它給你一種奇怪的感覺，使你顫慄，卻又讓你敬畏；她可以和你走在同一塊地面上，處理日常事務，但她顯然又活在讓你無法企及的高度。有一次，她對凱蒂說：

「一個修女只是不斷祈禱耶穌根本不夠，她也應該祈禱自己。」

儘管這話帶著她的宗教信仰，但凱蒂覺得這很自然，她並沒有企圖去影響一個異教徒。然而奇怪的是，院長有著深深的慈愛之心，認為凱蒂對上帝的無知似乎是有罪的，但她卻聽之任之。

一天傍晚，她倆坐在一起。天色漸暗，柔和的光線令人愉悅，又有點傷感。院長看起來很疲倦，悲憫的臉色蒼白又憔悴，那雙美麗的黑眼睛失去了熱情，也許是疲勞讓她有了一種難得的心境，想和別人說話。

「對我來說，今天是個值得紀念的日子，我的孩子，」她打破了長久的沉默，「因為這天是我最終決定投身宗教的紀念日。我考慮了兩年，承受著召喚帶來的痛苦，因為害怕我的精神再被俗世奪走。但那天早上，我發誓要在天黑前把我的願望說給我親愛的母親聽。領了聖餐後，我祈求我們的主賜予我內心的平靜。主似乎在回答我：你終將擁有，當你不再渴求的時候。」

院長似乎沉浸在對過去的回憶之中。

「那天，我們的一位朋友、維爾諾夫人，沒告訴任何親戚便去了卡梅爾。她知道他們會反對她走這一步，但她是個寡婦，認為自己有權做自己想做的。我的一位表姊，去和這位親愛的逃跑者告別，直到晚上才回來。她深受感動。我還沒向母親說我的想法，一想到要告訴她，我就渾身發抖，但我還是希望遵守我在領聖餐時做的決定。我問了表姊各種問題，母親似乎正專心補著她的坐墊，其實一個字也沒漏掉。我一邊說話，一邊想：如果我今天要說，一分鐘也不能耽擱。

「很奇怪，當時的情景我記憶猶新。我們圍著桌子坐，那是張鋪著紅布的圓桌；我們在燈下工作，燈罩是綠色的。我的兩個表姊和我們住在一起，大家都在拾掇客廳椅子上的坐墊。想想，那些東西自從路易十四時代買回來就沒補過，破舊、褪色得不成樣子，母親說，這也太丟臉了。

「我想說出來，但就是開不了口。然後，沉默了幾分鐘，母親突然說：『我真不理解你朋友的行為。對自己的親人一句話不說就走了，我不喜歡。這簡直是兒戲，太沒品位。一個有教養的女人，絕不會做這種讓人說三道四的事。如果你要離開我們，讓我們傷心一輩子，我希望你不要像犯了罪一樣逃跑。』

「這正是開口的機會，但我當時太懦弱，只是說：『啊，放心吧，媽媽，我才沒那個膽呢。』

「母親沒有回答，我後悔了，竟然不敢說出自己的想法。我好像聽見我們的主對聖彼得說：『彼得，你愛我嗎？』唉，我是多麼軟弱，多麼忘恩負義！我喜歡我的舒服日子，我的生活方式，我的家人，我的消遣。我在這些想法中痛苦掙扎。過了一會兒，就像剛才的談話沒有中斷似的，母親對我說：『不過，我的奧黛特，我想，你這輩子不做些隱忍受苦的事，是不會甘休的。』

「我依然沉浸在焦慮和思考中，表姊她們根本不知道我心裡七上八下，照舊默默做事。突然，母親手裡的坐墊滑落了，她直直地看著我說：『啊，我親愛的孩子，我敢肯定，你最後還是要去當修女。』

「『您說的是當真嗎，我的好媽媽？』我回答說，『你一語道破了我內心深處的想法和渴望。』

「『當然啦，』兩個表姊不等我說完，便叫了起來，『這兩年，奧黛特一心光想著這事。但你不會允許的，我的姨媽，你可不能答應她。』

「『我親愛的孩子，如果這是上帝的旨意，』母親說，『我們憑什麼拒絕呢？』

「這時，我的表姊都故意開玩笑，問我打算怎麼處置我的東西，激動地吵著到底誰該拿這個，誰該拿那個。但這種歡樂只持續了很短的時間，我們就哭了。然後，父親走上樓來。」

院長媽媽沉吟片刻，歎了口氣。

「這讓我父親很難接受。我是他的獨生女。男人對女兒的感情，往往比對兒子更深。」

「有一顆愛心，真是太不幸了。」凱蒂笑著說。

「把這顆心奉獻給耶穌基督的愛，便是莫大的幸運。」

就在這時，一個小女孩走到院長面前，很自豪地給她看一個奇怪的玩具，不知從哪裡弄來的。院長把她那美麗而纖細的手搭在孩子的肩膀上，孩子向她靠了過來。凱蒂注意到，她的笑容是多麼的甜蜜，卻又多麼的不近人情，一時有些感動。

「看到所有的孤兒都這麼愛您，真是太好了，院長媽媽。」她說，「我想，如果我能激發起這麼大的愛，我會感到非常驕傲。」

院長再次露出她那冷淡而又美麗的微笑。

「只有一種方法能贏得人心，那就是，讓自己成為眾人會愛的人。」

61 萬千思緒

這天晚上，沃爾特沒回來吃飯。凱蒂等了會兒。每次在城裡耽擱了，他都會設法給她捎個口信。最後，她只好自己坐下吃。儘管瘟疫肆虐，供應困難，中國廚子還是出於禮儀，像平常那樣做了好幾道菜擺到凱蒂面前，但她只是假裝吃了一點。然後，她走到敞開的窗戶前，往長藤椅裡一躺，沉浸在星光燦爛的夜色中。寂靜讓她放鬆下來。

她沒想看書，萬千思緒在腦海中漂浮，彷彿倒映在平靜湖面上的朵朵白雲。她太累了，一朵也碰不到，只能跟著它們走，讓自己陷在各種想法中。她隱約想知道，和修女交流之後，那些留下的印象對她有什麼意義。奇怪的是，儘管她們的生活方式深深打動了她，但導致這種生活的信仰卻未能影響她。她無法想像，自己會被信仰的熱情所俘獲。她輕歎一聲：如果讓那道巨大的白光徹底照亮自己的靈魂就好了。有一兩次，她想把自己的遭遇全倒給院長，但她不敢。她受不了這個嚴厲的女人看不起她。對院長來說，她做的事當然是一種嚴重的罪行。奇怪的是，她自己並不認為這是罪行，不過是愚蠢、醜陋。

也許天生愚鈍，她才把自己和湯森的關係看成是一件憾事，甚至令人憎惡。但忘了就好，談不上悔過。就像在舞會上絆了一跤，對此無計可施，令人難堪，但把它看得太重就不明智了。想到查理她就渾身發抖：那華服包裹的高大身軀，曖昧的下巴，還有挺胸直立、隱藏起大肚子的站姿。細小的血管在他紅潤的臉上縱橫交織，顯露出他活潑外向的性情。過去她很喜歡他那對濃密的眉毛，現在想起卻像動物的毛髮，實在噁心。

至於將來？很奇怪，對於將來她漠不關心，根本看不到將來的一點影子。也許，她會在孩子出生時死去。妹妹多莉絲身體比她好很多，但生孩子時差點死了。（她盡了責任，為準男爵生了一個繼承人。想到母親心滿意足的樣子，凱蒂笑了。）既然將來這樣模糊，也許注定她看不到了。沃爾特可能會讓她母親照顧孩子——如果孩子能活下來；她很瞭解他，可以肯定，不管他對自己父親的身分有多不確定，他也會善待孩子。無論任何情況，沃爾特都表現得令人欽佩。他品格高尚，正直無私，智慧過人，才思敏捷，可惜並不可愛。她現在一點也不怕他，只為他感到難過，也覺得他有點可笑。他深沉的情感致使他脆弱，不知為什麼，她有種感覺，將來某個時候，她會設法利用他的脆弱，讓他原諒她。現在，她心頭縈繞著這個念頭：如果能讓他心平氣和，就可以彌補她給他帶來的痛苦。可惜他沒什麼幽默感⋯⋯可以想見，總有一天，他們會因為他們曾經互相折磨而放聲大笑。

她累了，提燈進了自己的房間，脫衣上床，很快就睡著了。

62 沃爾特發生了意外

但一陣響亮的敲門聲驚醒了她。一開始，這聲音和夢境交織在一起，沒讓她跟現實聯繫起來。敲門聲不停響著，她這才意識到，一定有人在大門口。四周很黑，她的手錶指針發出磷光，看來兩點半了。肯定是沃爾特回來了——怎麼這麼晚——還沒能叫醒男僕。敲門聲繼續，越來越響，在寂靜的夜裡顯得嚇人。不一會兒，聲音停了，她聽見沉重的門閂拉開了。沃爾特從來沒這麼晚回來，可憐的傢伙，他一定累壞了！她希望他能直接上床睡覺，別像往常那樣再去實驗室工作了。

外面有幾個人說話，然後進了院子。奇怪，沃爾特回家晚了從不打擾她，總是極力不弄出聲響。有兩三個人飛快跑上了木臺階，進了隔壁房間。凱蒂有些害怕，她總擔心這裡會發生反對洋人的暴亂。出什麼事了？她心跳加快。還沒等她弄清楚，有人已經在敲門了。

「費恩太太。」
她聽出是沃丁頓的聲音。
「是我。出了什麼事?」
「你馬上起來好嗎?我有話要和你說。」
她連忙起身穿上晨衣。擰開鎖打開門,只見沃丁頓穿著一條中式長褲,上身是件綢子外套,一名小童提著馬燈,後面是三個穿卡其布軍裝的中國士兵。沃丁頓一臉驚慌,嚇了她一跳:他的頭髮亂七八糟,好像剛從床上爬起來。
「怎麼了?」她喘著氣。
「你必須保持冷靜。現在一刻也不能耽擱。快穿衣服跟我走。」
「到底怎麼了?城裡出事了嗎?」
看到他身後的士兵,她一下想到了暴亂,他們一定是來保護她的。
「你丈夫病倒了。我們想請你馬上去。」
「沃爾特?」她驚叫道。
「你先別著急。我也不清楚到底怎麼回事。余上校派這位軍官來叫我,要我馬上帶你去衙門。」
凱蒂盯著他看了片刻,突然感到心裡一陣發冷,然後她轉過身去。
「兩分鐘我準備好。」
「我都沒來得及換衣服,」他說,「本來剛想睡覺。只穿了件外衣和鞋子就來了。」

她沒聽見他說什麼。藉著星光，她趕緊穿衣服，抓住什麼就穿什麼。她的手指突然變得很笨，半天才摸到衣服上的小扣子扣上，又把晚上常披的廣東圍巾搭在肩上。

「我沒戴帽子。不用吧？」

「不用。」

男僕提著燈走在他們前面，幾個人匆忙走下臺階，出了院門。

「小心別摔倒，」沃丁頓說，「你最好抓住我的手臂。」

幾個士兵緊隨其後。

「余上校派了轎子，在河對岸等著。」

他們快步向山下走去。凱蒂忐忑地想問一句，但嘴唇顫抖得厲害，話說不出來，她非常害怕聽到答案。到了岸邊，一艘小船在等他們，船頭有一道亮光。

「是霍亂嗎？」這時她問。

「恐怕是的。」

她驚叫了一聲，忙又收住。

「我想你應該盡快趕到。」

他伸手扶她上船。路程很短，河水幾乎停滯不前。他們在船頭擠著，一個女人背上綁著一個孩子，划槳把小船送到了對岸。

「他是今天下午病倒的，現在說就是昨天下午。」沃丁頓說。

「為什麼不立刻來叫我？」

儘管沒什麼原因，他們還是低聲說話。黑暗中，凱蒂只能感覺到她的同伴也異常焦急。

「余上校本來想派人叫你，但你丈夫不讓他叫。余上校一直和他在一起。」

「那也應該叫我，真是無情。」

「你丈夫知道你從來沒見過霍亂患者，那種樣子，既可怕又噁心。他不想讓你看到。」

「但他畢竟是我丈夫。」她哽咽地說。

沃丁頓沒有回答。

「現在為什麼又讓我去了？」

沃丁頓把手搭在她的手臂上。

「親愛的，你一定要勇敢。你得做最壞的打算。」

她痛苦地哭喊了一聲，注意到那三個中國士兵看著她，便轉過身去，突然瞥見了他們的白眼。

「他快死了嗎？」

「我只知道余上校讓這位來接我的軍官帶的口信。據我判斷，恐怕不行了。」

「一點希望都沒有了嗎？」

「非常抱歉，如果我們不快點趕到，恐怕就見不到最後一面了。」

她顫抖著，潸然淚下。

「你知道，他工作過度，又沒有抵抗力。」

她氣憤地甩開他的手。他竟然用低沉又痛苦的聲音說話，這讓她十分惱火。

到了對岸，兩個站在岸邊的中國苦力扶她上來。幾頂轎子等著。她上了轎子，聽見沃丁頓說：「盡量控制情緒。你千萬得克制。」

「叫轎夫快點。」

「吩咐過了，要他們盡快。」

那個軍官已經上了轎子，從旁邊經過時朝凱蒂的轎夫喊了一聲。他們把轎竿搭上肩，俐落地抬起轎子，快步向前走去。沃丁頓緊跟其後。他們小跑著上山，每頂轎子前都有一個人打著燈籠。到了水閘，守門人舉著火把站在那裡。等他們走近了，軍官朝他喊話，他便推開大門，放他們過去。就聽他感歎般地吆喝了一聲，轎夫也隨即應聲。在夜晚的死寂中，那種用奇怪的語言所發出的喉音顯得神祕而又恐怖。他們走上了一條又溼又滑的鵝卵石小巷，轎子搖搖晃晃，軍官的一個轎夫跌倒了，凱蒂聽到軍官憤怒地提高嗓門罵了起來，轎夫也頂撞著，聲音刺耳，然後前面的轎子繼續疾走。街巷又窄又彎。此刻夜深人靜。這是一座死城。他們匆忙走在一條窄巷中，拐了個彎，然後跑上一段臺階。轎夫開始大口喘氣，他們大步流星默默走著，其中一個掏出塊破手帕，邊走邊擦從額頭流進眼睛的汗珠。他們拐來拐去，就像急速穿過一座迷宮。關了門的店鋪下面，偶爾有個躺著的人影，你不知道他一覺之後會在黎明醒來，還是從此一睡不起。街巷寂靜空曠，彷彿有鬼魂藏在暗處，突然一隻狗狂吠起來，嚇得凱蒂毛骨悚然。她不知道他們要去哪裡。道路似乎無窮無盡。他們不能再快一點嗎？再快一點，再快一點。時間飛快流逝，耽擱一秒可能都太晚了。

63 他死了

突然，他們走近一道光禿禿的長牆，來到一個門口，兩邊各有一座崗亭。轎夫放下轎子，沃丁頓趕緊朝凱蒂走去。她已經跳了下來。那位軍官大聲敲門，喊著什麼。邊門打開，他們進了院子，這裡很大，四四方方。士兵裹著毯子，幾個擠成一堆，貼著牆壁蜷縮在懸挑的屋簷下。他們停下，軍官和一個可能是中士的人說話，然後轉身向沃丁頓說了句什麼。

「他還活著，」沃丁頓低聲說，「走路小心。」

打著燈籠的人照舊帶路，他們穿過院子，上了幾級臺階，經過一扇大門，進到另一個大院子。這裡一側是一個長長的房間，裡面亮著燈，透過窗上的宣紙閃耀著，勾勒出窗格精緻的圖案。另外幾個打燈籠的帶他們穿過院子，朝房間走去，軍官敲了敲門。門立即開了，軍官看了凱蒂一眼，往後退了一步。

「你進去吧。」沃丁頓說。

這個房間狹長低矮，油燈煙霧繚繞，陰暗中預示著不祥。三、四個勤務兵站在那裡，正對著門的牆邊放著張小床，一個人蜷縮在毯子下面。一名軍官一動不動站在床腳。

凱蒂急忙走上前去，朝小床俯下身。沃爾特閉眼躺著，幽暗的燈光下，他的臉一片死灰。他紋絲不動，樣子嚇人。

「沃爾特，沃爾特！」她喘息著說，聲音低沉而又驚恐。

那個身體微微動了動，也許是幻影。他的動作十分微弱，就像一股讓你感覺不到的微風，卻瞬間吹皺了平靜的水面。

「沃爾特，沃爾特，你說話呀。」

那雙眼睛慢慢睜開，好像費了好大力氣才掀開沉重的眼皮，但他沒看人，而是盯著離他的臉幾英寸的牆壁。他說話了，聲音低沉、微弱，帶著一絲微笑。

「真是亂七八糟。」他說。

凱蒂幾乎不敢喘氣。他沒再發出什麼聲音，也沒有動靜，但他的眼睛，那雙陰沉而冷漠的眼睛（現在看到了什麼神祕之物？）盯著白牆。凱蒂站起身，用憔悴的目光望著站在床腳的那人。

「一定有辦法。你只會這麼呆站著嗎？」

她握緊雙手。沃丁頓和站在床腳的軍官說著話。

「恐怕他們已經盡力了。團裡的醫生一直在給他治療。你丈夫訓練過他，沃爾特醫生會做的，他都做了。」

「這位就是醫生嗎？」

「不，這位是余上校，他始終沒離開你丈夫身邊。」

凱蒂煩躁地瞥了他一眼。他個子很高，身材魁梧，穿著一身卡其布軍裝，顯得緊張不安。他正看著沃爾特，眼睛已經溼了。她心如刀絞：為什麼這個黃臉的人眼裡含著淚水？這激怒了她。

「沒有任何辦法，這也太可怕了。」

「至少他不再痛苦了。」沃丁頓說。

她又向丈夫俯下身。那雙恐怖的眼睛依然空洞地盯著前方。她不知道這雙眼睛還能看見什麼。她也不知道，他是否聽見了她說的話。她把嘴湊近他的耳朵。

「沃爾特，我們還能為你做點什麼？」

她想，他們一定有什麼藥，可以延緩他的生命。現在，她的眼睛已經適應了昏暗的光線，驚恐地看到他的臉已經陷了下去，幾乎認不出是他。短短幾小時，他就變成了另外一個人，簡直不可思議。他已經沒了人形，看起來像個死人。

她覺得他掙扎著想說話，便把耳朵湊到他面前。

「別大驚小怪。我歷盡艱辛，但現在沒事了。」

凱蒂等了會兒，但他一言不發了。他一動不動，那樣子讓她撕心裂肺；一動不動，真是可怕！他似乎已經準備好了，寂靜地進入墳墓。這時，一個人走上前來，不知道是醫生還是入殮師，他做了個手勢，讓她退到一邊。那人朝垂死的沃爾特俯下身，用一條髒抹布潤了潤他的嘴。凱蒂又站起來，絕望地轉向沃丁頓。

「真的一點希望都沒有了嗎？」她低聲說。

他搖了搖頭。

「他還能活多久？」

「說不準。也許一個小時吧。」

凱蒂環視了一眼空蕩蕩的房間，目光在余上校那結實的身形上停留了片刻。

「能讓我和他單獨待一會兒嗎？」她問道，「就一分鐘。」

「當然可以，如果你願意。」

沃丁頓走近余上校和他說話。上校微微躬身，然後低聲下了命令。

「我們在臺階那兒等你，」沃丁頓說，隨著一夥人向外走去，「你喊一聲就行。」

現在，這不可思議的事已經淹沒了她的意識，就像麻醉藥流遍她全身的血管，她意識到沃爾特就要死了，她只有一個念頭，就是清除毒害他靈魂的仇恨，讓他輕鬆地離去。如果他死時能與她和解，也算和他自己和解了。此刻，她一點也沒考慮自己，只是為他著想。

「沃爾特，我求你原諒我。」她俯身說。因為怕他的身體受不了壓力，她小心翼翼不去碰他。「我為自己犯下的錯深感抱歉。我非常後悔。」

他沒說什麼，好像沒有聽見。她不得不繼續說下去。奇怪，她感覺他的靈魂好像變成了一隻撲閃著的飛蛾，翅膀上滿是仇恨。

「寶貝。」她說。

一片陰影從他憔悴而凹陷的臉上掠過。這不算是一個實際的動作，但讓人感覺是一種可怕的抽搐。她以前從未對他用過這個詞。也許，在他垂死的腦子裡有一種想法，既混亂又難以理解，那就是他聽她說過這個她經常用的詞，用來形容小狗、小孩或小汽車。這時，一件可怕的事情發生了。她緊握雙手，使出全部的力氣抑制住，因為她看到兩行眼淚順著他蒼白的臉頰慢慢流下來。

「哦，我的寶貝，我親愛的，如果你愛過我——我知道你愛過我，但我卻那麼可惡——我求你原諒我。我現在沒機會後悔了。可憐我吧。我求你原諒我。」

她停了下來，氣喘吁吁地看著他，急切地等他回答。她看出他想說話，心裡頓時一緊。她覺得，如果在這最後一刻她能把他從痛苦中解救出來，那將是對他的一種補償。他沒看她，嘴巴動了一下，眼睛直直地望著白牆。她俯下身，好讓自己聽見。他說得非常清楚。

「死的是那隻狗。」

她一動不動，好像變成了石頭。她不懂，驚惶不安地望著他。這話毫無意義，彷彿精神錯亂。她說的話，他一個字也沒聽見。

一個活人不可能紋絲不動。她盯著他。他的眼睛睜著。她看不出他有沒有呼吸，頓時害怕起來。

「沃爾特，」她低聲說，「沃爾特。」

最後，她突然站了起來，被一陣突如其來的恐懼緊緊地攫住。她轉身走到門口。

「你們快來。他好像不……」

他們進來了。那位中國醫生走到床前，按亮手電筒，查看了一下沃爾特的眼睛，然後將眼睛合上。他用中國話說了句什麼。沃丁頓摟住了凱蒂。

「恐怕他死了。」

凱蒂深深歎了口氣，幾滴眼淚掉了下來。她感到神情恍惚，並非不知所措。幾個中國人站在周圍，一臉茫然，好像不知道下一步該怎麼辦。沃丁頓沉默了。過了一會兒，中國人開始低聲說起話來。

「還是讓我送你回平房吧，」沃丁頓說，「他們會把他送過去。」

凱蒂疲倦地撫了一下額頭。她走到小床邊，俯下身，輕輕吻了吻沃爾特的嘴。現在，她已經不哭了。

「很抱歉給你們添這麼多麻煩。」

她往外走，幾名軍官向她敬禮，她也莊重地鞠躬。他們按原路穿過院子，上了轎子。她看見沃丁頓點燃了一根菸。一縷煙在空中飄散，那就是一個人的生命。

64

準備後事

天亮了，時不時地，可以看到中國人正在取下自家店鋪的門板。幽暗之中，一個女人在燭光下洗臉。街角的一家茶館裡，幾個男人吃著早飯。灰暗而陰冷的日光在狹窄的小巷中升起，彷彿躡手躡腳的小偷。河面上罩著一層淡淡的薄霧，擁擠的船桅若隱若現，彷彿幽靈大軍的長矛。天氣寒冷，過河時，凱蒂裹著那條色彩鮮豔的圍巾，縮成一團。他們上山，已在薄霧之上。天空晴朗，陽光普照，光芒一如往日，就像這天什麼事也沒發生，與以後的日子也毫無分別。

「你不躺下休息嗎？」進了平房，沃丁頓問。

「不，我在窗口坐會兒。」

過去幾週，她經常坐在窗口，一坐就是很久。現在，她的眼睛已經習慣了遠處那座奇妙、豔俗、美麗而又神祕的廟宇，這巨大的堡壘讓她心安。它是那麼虛幻，即使是在正午粗糙的陽光下，也能將她帶離現實的生活。

「我叫男僕給你沏茶。恐怕今天早上就得安葬。我會安排好一切。」

「謝謝你。」

65 後事

三小時後，他們埋葬了他。凱蒂覺得，非得把他放進一口中國棺材，就像非得讓他躺在一張奇怪的床上不能安息，真是可怕，但也沒辦法。修女得知沃爾特的死訊，像她們聽到城裡發生的一切那樣，派人送來一個大麗花做成的十字架，生硬而又莊重，似乎出自一位熟練的花匠之手；十字架孤零零地擺在中國棺材上，顯得特別怪異，格格不入。一切就緒後，只等余上校；他派人告訴沃丁頓，說他希望參加葬禮。一位副官陪他來了。他們向山上走去，六個苦力抬著棺材，來到一小片空地上，那裡埋著沃爾特接替的那位傳教士。沃丁頓手持從傳教士的物品中找來的英文祈禱書，聲音低沉地念完了悼詞，帶著一種少有的尷尬。也許，誦讀這些莊嚴而又可怕的話語時，他腦子裡盤旋著這樣的念頭：如果輪到他成為瘟疫的犧牲品，就不會有人來給他念悼詞了。棺材放進墓穴，掘墓人開始填土。

余上校一直光著頭站在墳邊，這時才戴上帽子，莊重地向凱蒂敬禮，然後對沃丁頓說了一兩句話，便帶著副官離開了。苦力好奇地看了一場基督教徒的葬禮，磨磨蹭蹭，手裡拖著軛木，三三兩兩漫步離開了。凱蒂和沃丁頓等墳墓填好，又將修女古板的大麗花十字架拿過去，放在散發著新鮮泥土氣息的土堆上。她一直沒哭。但當第一鏟土「唰」的一聲撒在棺材上，她心裡猛然一陣劇痛。

她看到沃丁頓在等她走。

「你急著走嗎？」她問，「我現在還不想回平房。」

「我什麼事也沒有。都聽你的。」

66 死的是那隻狗

他們沿著田埂閒逛，一直走到山頂，又看到那座為紀念某個貞潔寡婦而建的牌坊，凱蒂對這裡最有印象的就是它。這是一種象徵物，但她不知道到底象徵什麼，也說不清楚，為什麼它帶著如此諷刺的意味。

「坐一會兒好嗎？我們很久都沒在這裡坐了。」廣袤的平原展現在她眼前，在清晨的陽光中顯得寧靜祥和。「我來這裡才幾個星期，但好像過了一輩子。」

他沒回答。有那麼一會兒，她也任由自己的思緒飄蕩。她歎了口氣。

「你認為靈魂是不朽的嗎？」她問。

他對這個問題似乎並不感到驚訝。

「我怎麼知道？」

「剛才，他們在入殮前給沃爾特擦洗，我看了看他。他看起來非常年輕。死得太年輕了。你還記得第一次帶我散步時，我們見的那個乞丐嗎？我特別害怕，不是因為他死了，而是因為，他看起來好像從來都不是個人。只是個死動物。現在，看著沃爾特也是，就像一臺報廢的機器。這才最可怕。如果只是臺機器，所有的折磨、痛苦和不幸，都是多麼徒勞啊。」

他沒回答，唯有目光在他們腳下的風景中移動。這歡樂而又明媚的早晨，廣闊的景色讓人欣喜若狂。一片片整齊的稻田向遠處延伸而去，盡收眼底，稻田裡，隨處可見穿著藍布衫的農民趕著水牛辛勤耕作，一派寧靜、歡樂的景象。凱蒂打破了沉默。

「你不知道，在修道院裡所見的一切讓我有多感動。她們太好了，那些修女，她們讓我感覺自己一文不值。她們捨棄了一切，家庭、祖國、愛情、孩子、自由，還有那些有時讓我覺得更難捨棄的小東西，鮮花、綠野、秋日的散步、書和音樂、舒服的日子，一切的一切。她們這樣做，就為了將自己獻給一種只有犧牲、貧窮、服從、吃苦和祈禱的生活。對她們所有人來說，這個世界是一個真真正正的流放地。人生是她們情願背負的十字架，但在她們內心，始終有一種願望——哦，比願望更強烈，是一種渴望，熱切而狂熱的渴望，將她們引向永生的死亡。」

凱蒂緊握雙手，痛苦地看著他。

「哦？」

「如果沒有永生呢？想想，如果死亡真是萬物的終結，那又意味著什麼。她們白白放棄了一切。她們被欺騙了。她們是笨蛋。」

沃丁頓沉思了片刻。

「說不清楚。說不清楚她們追求幻覺是不是真那麼重要。她們的生活本來就很美好。我有個想法，唯一能讓我們不覺討厭地看待我們所生活的這個世界的，就是人類不斷從混沌中創造出來的美。他們畫的畫、他們譜的曲、他們寫的書，還有他們過的生活。所有這一切中，最美的就是美好的生活，那是一件完美的藝術品。」

凱蒂歎了口氣。他說的似乎很深奧，但她覺得還不夠。

「你聽過交響音樂會嗎？」他接著問。

「聽過，」她笑了，「我對音樂一無所知，但很喜歡。」

「管弦樂隊的每個成員都在演奏他自己的小樂器，你覺得他對漠然的氣氛中所展示的複雜的和音瞭解多少？他只關心自己那一小部分。但他知道這支交響樂很動聽，即使沒人聽，它也依然動聽，而他十分滿意自己發揮的作用。」

「前幾天你提起『道』，」停頓了片刻，凱蒂說，「跟我說說是什麼。」

沃丁頓看了她一眼，猶豫了一下，然後滑稽的臉上泛起一絲微笑，回答說：

「道就是道路和行道的人。這是一條永恆的大道，所有的生命都行走在上面，但它並非由生命所創造。因為它本身就是生命。『道可道，非常道。』道生萬物，萬物順應，最終又回歸於道。它既圓又方，大音希聲，是無形之形。它是一張巨網，網眼闊如大海，但無物可以穿過。它是萬物尋求的庇護之所。它毫無蹤跡，但你『不窺牖』便可『見天道』。它要你學會無欲無求，順其自然。謙卑之人，必將保全。屈身之人，終將直立。『禍兮，福之所依；福兮，禍之所伏』；但誰能說得清楚契機何時出現呢？『含德之厚者，比於赤子。』柔弱勝剛強。戰勝自己的人最為強大。」

「這有意義嗎？」

「有時候，當我喝了五、六杯威士忌，望著滿天繁星，覺得也許是這樣。」

兩人都沉默了，後來，還是凱蒂發話了。

「告訴我，『死的是那隻狗』，這話有什麼出處？」

沃丁頓的嘴角露出一絲微笑，準備好了回答，也許這時，他的感覺變得異常敏銳。凱蒂沒看他，但她表情中的某種東西讓他改變了主意。

「就算有，我也不知道，」他謹慎地答道，「幹嘛問這個？」

「沒什麼。只是突然想起來。好像在哪裡聽過。」

又是一陣沉默。

「當你和你丈夫單獨在一起時，」沃丁頓說話了，「我跟團裡那個醫生談了一下。我想，我們應該瞭解一下實際情況。」

「哦？」

「他當時很衝動，歇斯底里的樣子。我不明白怎麼回事。據我所知，你丈夫是在做實驗時感染的。」

「他一直在做實驗。他其實不是醫生，而是細菌學家，所以才那麼渴望來這裡。」

「但是，按醫生講的，我不清楚他是意外感染，還是他在拿自己做實驗。」

凱蒂頓時臉色煞白。這個暗示讓她不寒而慄。沃丁頓拉起她的手。

「原諒我又提這事，」他溫和地說，「但我覺得，也許能讓你得到安慰——我知道，這種時候，說些沒用的話會多麼讓人煩——沃爾特是烈士，為科學和他的職責而死，我想，這也許對你有意義。」

凱蒂有點不耐煩地聳了聳肩。

「沃爾特是因為心碎才死的。」她說。

沃丁頓沒再說話。她慢慢轉過身，看著他，臉色蒼白而又麻木。

「他說，『死的是那隻狗』，什麼意思？哪裡來的？」

「那是戈德史密斯[7]《輓歌》裡的最後一句。」

---

7 戈德史密斯（Goldsmith，一七二八－一七七四）：英國作家，寫有諷刺詩《關於瘋狗之死的輓歌》（*An Elegy on the Death of a Mad Dog*）：倫敦伊斯靈頓的一個大善人領養了一隻狗，起初相處和睦，後來狗發瘋，咬了善人。鄰居說，人被瘋狗咬傷肯定會死的，都替善人鳴不平。然而善人很快痊癒了，沒有死，「死的是那隻狗」（The dog it was that died）。

67 再回修道院

第二天早上，凱蒂去了修道院。開門的女孩看到她，似乎十分驚訝。凱蒂剛忙了幾分鐘，院長就進來了。她走到凱蒂面前，握住她的手。

「很高興看到你，我親愛的孩子。剛經歷了這麼大的痛苦就回來了，這顯示了你非凡的勇氣，還有智慧。我相信，手上有點事做，免得一個人待著傷心。」

凱蒂垂下眼簾，有點臉紅，不想讓院長看透她的心思。

「不用我說你也明白，我們這裡所有的人都打心裡同情你。」

「你們真好。」凱蒂低聲說。

「我們一直在為你祈禱，為你失去的他的靈魂祈禱。」

凱蒂沒回答。院長鬆開手，用冷靜而權威的語氣給她分配了幾項任務。她拍了拍兩三個孩子的頭，朝他們投去她那冷漠而又動人的微笑，又去處理更要緊的事了。

68

告別修女

一個星期過去了。這天，凱蒂正在縫紉，院長走進房間，在她旁邊坐下，目光敏銳地瞥了一眼她手上的工作。

「你做得很好，親愛的。如今你那個環境裡的年輕女子，少有這樣的才藝了。」

「這得感謝我母親。」

「我相信，你母親會很高興再見到你。」

凱蒂抬起頭來。院長的態度不像是在隨便客氣。她繼續說：

「在你親愛的丈夫去世後，我允許你繼續來這裡，是因為我覺得，做點事可以分散你的注意力。我想，那時你不適合大老遠的一個人回香港，也不希望你悶在家裡，除了傷心什麼也不做。但現在八天過去了，你該走了。」

「我不想走，院長媽媽，我想留在這裡。」

「留在這裡已經沒意義了。你是和你丈夫一起來的。現在，你丈夫去世了。就你的情形，很快就需要人照顧，但這裡不可能。我親愛的孩子，你的責任是盡你所能，照顧好上帝託付給你的小生命。」

凱蒂沉默了一會兒，低下了頭。

「我是覺得，自己在這裡有些用處。一想到這個，我就很高興。我希望您能讓我繼續工作，直到瘟疫結束。」

「我們都非常感謝你為我們做的一切，」院長微微一笑，「但眼下瘟疫正在減輕，來這裡也沒那麼危險了，我正盼著兩位修女從廣東過來。她們應該很快就到，到時候，恐怕就不用你費心了。」

凱蒂的心猛地一沉。院長的語氣沒有商量的餘地；凱蒂很瞭解院長，她對別人的懇求毫不留情。她覺得有必要跟凱蒂講明道理，這使得她的聲音裡帶著某種語氣，即使不算生氣，至少也是趨於生氣的專橫。

「沃丁頓先生好心徵求過我的意見。」

「希望他管好自己的事就行。」凱蒂打斷了她的話。

「即使他沒有，我也一樣覺得有義務建議他，」院長溫和地說，「目前，你該待的地方不是這裡，而是應該和你母親在一起。沃丁頓先生和余上校已經商量好了，派得力的人護送你，讓你一路平平安安。他還安排了轎夫和苦力，阿媽也和你一起去。沿途要經過的城市都安排好了。事實上，為了讓你一路安心，所有的事千方百計都做了。」

凱蒂緊閉雙唇。她想，只涉及她自己的事，他們至少應該和她商量一下。她不得不克制自己，以免回答得太尖銳。

「那我什麼時候動身？」

院長依然十分平靜。

「你盡快回到香港，然後乘船去英國，我親愛的孩子。我們考慮，你最好後天天亮就出發。」

「這麼快啊。」

凱蒂有點想哭。但事情明擺著：這裡已沒有她的位置了。

「你們好像都急著要打發我。」她可憐地說。

從院長的言談舉止中，凱蒂覺察到她放鬆了下來。她看到凱蒂打算讓步，不知不覺裝出親切的腔調。凱蒂察言觀色的能力很敏銳，當她想到，即使是聖徒也喜歡自行其是，她的眼睛閃爍著。

「不要認為我沒有領悟你內心的善良，我親愛的孩子，還有你那令人欽佩的仁慈，讓你放不下這些你強加給自己的責任。」

凱蒂直直地盯著前方，她微微聳了下肩，知道無法把這些崇高的美德加到自己身上。她想留下，是因為無處可去。真是種奇怪的感覺，這個世上，沒有人在乎她的死活。

「我不明白，你為什麼不想回家，」院長和藹地說，「這個地方，有不少外國人都願意不惜一切代價，得到你這樣的機會呢！」

「但你不是，對吧，院長媽媽？」

「哦，對我們來說不一樣，我親愛的孩子。來這裡時我們就知道，我們永遠離開了自己的家鄉。」

出於自己受傷的感情，凱蒂心裡有種也許是惡意的欲望，她想在修女信仰的甲冑上找到一絲縫隙，正是這種信仰，使她們對所有自然的情感都無動於衷。她想看看，院長身上是否還殘留著人性的弱點。

「我有時想，一個人永遠見不到自己的親人，還有從小長大的環境，真是難啊。」

院長遲疑了片刻，但是見凱蒂凝視著她，那張美麗而又嚴肅的臉還是那麼平靜，沒有任何變化。

「對我母親來說的確很難，現在她老了，我又是她的獨生女，她很想在臨終前見我一面。我希望能滿足她的心願。但這不可能，我們只有在天堂見了。」

「儘管如此，當一個人想到他最愛的人，很難不自問，和他們永遠分開是不是正確。」

「你是在問，當初我走這一步後悔嗎？」院長突然變得容光煥發，「從來沒有，從來沒有。我用微不足道又毫無價值的生命換來了犧牲和祈禱的人生。」

一陣短暫的沉默之後，院長以一種更輕鬆的態度笑了。

「我想請你捎一個小包裹，到了馬賽幫我寄出去。我不想委託中國的郵局。我馬上去取來。」

「您可以明天給我。」凱蒂說。

「明天你太忙，沒時間過來了，我親愛的。今晚你就和我們告別吧，這樣對你更方便些。」

她站起身，帶著她那寬大的教服掩蓋不住的輕鬆和莊重，離開了房間。不一會兒，聖約瑟修女走了進來，和凱蒂道別。她祝凱蒂旅途愉快，她會很安全的，因為余上校派了得力的人護送她，修女常常單獨走這條路，從來沒遇到過危險。她問凱蒂喜歡大海嗎？我的上帝，印度洋上狂風暴雨，當時多難受啊，母親大人見到女兒一定格外高興，凱蒂務必得照顧好自己，畢竟她現在還要照顧另一個小靈魂，她們都會為她祈禱的，她會不斷為凱蒂祈禱，為親愛的小寶寶祈禱，也為那位可憐而勇敢的醫生的靈魂祈禱。她滔滔不絕，和藹可親，充滿深情，然而，凱蒂深深地意識到，對聖約瑟修女（她熱切地凝視著永恆）來說，她只不過是一個沒有身體或實體的幽靈。她有一種瘋狂的衝動，真想抓住這個善良的胖修女的肩膀，用力搖晃她，朝她大喊：「難道你不知道我是個活生生的人嗎？我傷心、孤獨，我需要安慰、同情和鼓舞。唉，你就不能暫時把上帝放在一邊，給我一點憐憫嗎？不是你們基督徒對苦難眾生的憐憫，而是對人的憐憫。」想到這裡，凱蒂的嘴角露出一絲微笑：聖約瑟修女聽了會多驚訝啊！她肯定相信原本她有所懷疑的事，那就是所有的英國人都是瘋子。

「幸好我習慣走水路，」凱蒂回答說，「從來沒有暈過船。」

院長拿著一個整潔的小包裹回來了。

「是我為我母親的命名日做的一些手帕，」她說，「姓名首字母是我們的女孩繡的。」

聖約瑟修女建議凱蒂看看這些手工做得有多好，院長便帶著縱容而不以為然的微笑解開了包裹。手帕是用上等細棉布做的，複雜的花押字繡著姓名首字母，上方是草莓葉子花冠。凱蒂正禮貌地讚歎著手藝精巧，手帕卻被包了起來，遞給了她。聖約瑟修女說了聲「好了，夫人，我得離開了」，又重複了一遍她那客氣而又冷淡的問候，轉身走了。凱蒂意識到，現在該和院長告別了。她感謝院長對她的一番好意。她們一起沿著光光的、牆壁刷白的走廊走著。

「到了馬賽，你要把包裹掛號寄出，不會太麻煩吧？」院長說。

「我當然照辦。」凱蒂說。

她瞥了一眼地址。名字看起來十分顯赫，提到的那個地方，引起了她的注意。

「這可是我見過的城堡之一。當時我和朋友在法國乘車旅行。」

「很有可能，」院長說，「每週有兩天允許遊客參觀。」

「我想，如果我生活在這樣一個美麗的地方，我永遠也沒勇氣離開它。」

「這當然是歷史遺跡。但我一點也不覺得親切。即便有所遺憾，也不是那裡，而是我們兒時住過的小城堡。在庇里牛斯山上、一個能聽見海浪的地方，我就出生在那裡。我不否認，有時我想聽聽海浪拍打岩石的聲音。」

凱蒂覺得，院長在揣摩她的想法，還有她說那些話的原因，正狡猾地取笑她呢。她們走到了修道院那扇不起眼的小門前。讓凱蒂吃驚的是，院長媽媽把她摟在懷裡，吻了吻。蒼白的嘴唇貼到她的臉上，先吻這邊，又吻那邊，如此突然，她臉紅了，好想哭。

「再見，上帝保佑你，我親愛的孩子。」她摟了凱蒂一會兒。「記住，盡你的責任不算什麼，那是對你的要求，就像手髒了就要洗一樣，並不值得讚揚。唯一重要的是愛你的責任。當愛和責任合二為一，恩典就在你身上，你將享受到超越一切理解的幸福。」

修道院的門最後一次在她身後關上了。

69 歸途

沃丁頓和凱蒂一起上山，繞道去沃爾特的墳墓看了看。在牌樓那裡，他向她道別。最後一次看著牌樓，她感覺她自身的諷刺，絲毫不亞於它顯出的神祕諷刺。她上了轎子。

日子一天天過去。沿途的風光成為她思索的背景。在她看來，這些景色是雙重的，像在立體鏡中一樣圓潤，附帶著某種含義，因為眼前的一切，交疊著幾週前她來到這裡時沿同一條路逆行而留下的記憶。苦力挑著行李，三三兩兩走著，後面一百碼又有一個，接著又是兩三個；護送的士兵拖著雜亂的腳步走著，每天前行二十五英里；阿媽由兩個轎夫抬著，凱蒂的轎子則是四個人抬，不是因為她太重，而是為了體面。時不時地，他們遇到一隊苦力挑著沉重的擔子，搖搖晃晃從身邊經過；一位坐著轎子的中國官員，用好奇的目光打量著這個白人婦女。這會兒，他們遇到幾個穿著褪色的藍布衫、戴著大草帽的農民，走在趕集的路上；另一會兒，又遇見一個女人，或老或少，裹著小腳蹣跚而行。他們翻過一座座小山，整齊的稻田隨處可見，一片片農舍舒適地依偎在竹林裡。他們穿過破敗的村莊，穿過人口稠密、四周城牆環繞的城市，彷彿彌撒書裡的城市一般。初秋的陽光令人愉悅，如果是黎明，閃爍的晨光會讓整齊的稻田像童話般令人陶醉。天很冷，隨之而來的溫暖讓人心存感激。凱蒂懷著一種至福的感覺享受著這一切，她沒有抗拒。

這些生機盎然的景色，以其優雅明亮的色彩、出乎意料的差別，和奇特感，彷彿一幅幅掛毯，在凱蒂的想像中如神祕而幽暗的幻影一樣舞動著，似乎很不真實。湄潭府鋸齒狀的城牆，就像擺在古老戲劇舞臺上用作城市背景的畫布。修女、沃丁頓，還有那個愛著他的滿族女人，都是戴著面具的古怪角色；而其他人，沿著彎彎曲曲的街巷悄然行走的人和那些死去的人，則是跑龍套的無名之輩。當然，他們都被賦予了某種意義，但這意義是什麼？就好像他們在表演一種精緻而又古老的祭神舞蹈，而你知道那些複雜的舞姿蘊含深意，瞭解它對你來說至關重要，但你找不到一點線索。

凱蒂覺得難以置信（一個老太太正在田埂上走，她穿著藍布衫，陽光下，那種藍呈天青石色；她布滿萬千皺紋的臉，就像老象牙做的面具；她拄著一根長長的黑棍，邁著小腳），她和沃爾特居然也加入了這場奇怪而又虛幻的舞會，還扮演了重要角色。她可能輕易就送了命，像他那樣。這是個玩笑嗎？也許只是一場夢，她會突然從夢中醒來，鬆一口氣。就好像這些事發生在很久以前、很遙遠的地方。奇怪的是，在真實生活的燦爛背景上，這齣戲裡的人物顯得多麼模糊啊！她現在覺得，一切就像在讀一本小說，跟她關係不大，有點讓人吃驚。她發現自己已經無法清楚地回想起沃丁頓的臉，以前她是那麼熟悉。

今晚，他們會到達西江旁的一座城市，再乘坐汽船。這樣，一夜就到香港了。

70

凱蒂感到自由

起初，因為沃爾特死時她沒哭，她感到羞愧。這也太無情了。唉，就連中國軍官余上校也眼含熱淚。丈夫的死讓她神情恍惚。很難想像，他再也不會回平房了，早上，再也聽不到他在蘇州浴缸裡洗澡的聲音了。他原來活著，現在死了。那些修女對她基督徒式的認命感到驚訝，欽佩她承受喪夫之痛的勇氣。但沃丁頓很精明，儘管他對她深表同情，但她還是感覺——怎麼說呢？——他口是心非，冷嘲熱諷。當然，沃爾特的死讓她震驚，她不希望他死。但她畢竟不愛他，從來沒有愛過他；表現出悲傷的樣子就很得體了；讓旁人看出她的心思，成何體統；但她經歷了太多，不能自欺欺人。在她看來，至少過去幾個星期的經歷教會了她：如果說，對別人撒謊有時非常必要，那對自己撒謊始終都是卑鄙的。沃爾特那麼悲慘地死去，她很難過，但她的悲痛純屬人之常情，就算死的只是個認識的人也一樣。她承認，沃爾特有很多令人欽佩的特質，但偏偏她不喜歡他，一直都討厭他。她不承認，他的死對她來說是一種解脫；老實說，如果她說句話能讓他起死回生，那她一定會說的；但她也不禁覺得，他的死在某種程度上讓她過得輕鬆了一點。他們在一起永遠不會幸福，但想分開也絕非易事。她對自己的這種感覺感到吃驚，要是別人知道了，一定會認為她冷酷無情、殘忍至極。嗯，他們不會知道的。她想，所有她認識的人心裡是否都藏著可恥的祕密，時刻提防著不讓別人窺探。

她看不清未來，也沒什麼計畫。唯一清楚的是，她只想在香港停留很短時間。一想到就要抵達那裡，她便心生驚懼。對她來說，她寧願永遠坐在藤條編的轎子上遊蕩，穿過明媚而親切的鄉野，永遠做一個漠視生活幻象的旁觀者，每晚在不同的屋簷下過夜。不過，眼下必須面對的是，到香港後，她要去旅館處理掉房子，變賣家具。沒必要去見湯森。他會很有禮貌，避免見到她。但她還是想再見他一面，告訴他，她覺得他是多麼卑鄙的小人。但是，查理．湯森有那麼重要嗎？

就像豎琴彈出的歡樂琴音，在交響樂複雜的和聲中旋律優美地響起，一個念頭在她心中不住跳動。正是這種念頭，讓那些稻田有了奇異的美；讓她在一個面容光鮮的年輕人得意地駕著趕集的馬車從她身邊一晃而過，用大膽的眼神盯著她時，蒼白的嘴唇綻出一絲微笑。正是這種念頭，為她經過的那些城市的混亂生活增添了魔力。瘟疫之城是一座監獄，她逃了出來，此前從沒意識到，天空的湛藍是多麼美麗，斜靠在田埂上的竹子是多麼可愛、優美，讓人高興。自由！這便是一直縈繞在她心中的念頭。

儘管未來如此渺茫，這個念頭卻像河面晨曦照耀的薄霧一般閃閃發光。自由！不僅掙脫了令人煩惱的束縛、令人沮喪的陪伴。自由！不僅逃離了死亡的威脅，更擺脫了讓人墮落的愛情。擺脫了一切精神束縛，一種脫離了肉體的靈魂的自由。與自由相伴的，還有勇氣，以及冷眼看待未來變遷的堅強。

71 回到香港

船在香港靠岸，一直站在甲板上的凱蒂，望著河面上色彩鮮豔、歡快活潑的船隻來來往往，她回到座位上，看阿媽忘什麼東西沒有。她瞄了一眼鏡子：一身黑衣，是修女染的，權當服喪。她突然想到，第一件事就是置裝，喪服正好很可以掩飾她意外流露的感情。

有人在敲艙門，阿媽打開。

「費恩太太。」

凱蒂轉過身來，一開始並沒認出那張臉。然後，她的心猛地一跳，臉紅了。是桃樂西．湯森。凱蒂根本沒想到會遇見她，一時手足無措，也不知該說什麼。但是湯森太太走進客艙，一把摟住了凱蒂。

「哦，親愛的，親愛的，我真是非常為你難過。」

凱蒂任由她吻了自己。這個一直讓她覺得冷漠而疏遠的女人，怎麼會如此熱情，讓她有點吃驚。

「你真好。」凱蒂喃喃地說。

「去甲板上吧。阿媽會照看你的行李，我的僕人也都來了。」

她拉起凱蒂的手，凱蒂不得不跟著，注意到她那和藹可親、飽經風霜的臉上流露出真心的關切。

「你的船提前到了。我差點沒趕上。」湯森太太說，「要是沒接到你，我可受不了了。」

「但你不是特意來接我的吧？」凱蒂叫道。

「當然是了。」

「不過你怎麼知道我要回來？」

「沃丁頓先生給我發了電報。」

凱蒂轉過身去，喉嚨哽咽了。真是奇怪，意想不到的一點好意也會這樣打動她。她不想哭，希望桃樂西．湯森走開。但桃樂西抓起凱蒂的一隻手，緊緊地捏著。這個害羞的女人竟這麼感情外露，讓凱蒂難堪。

「我想讓你幫我個大忙。查理和我，希望你在香港的這段時間，能和我們住在一起。」

凱蒂連忙抽回手。

「你們太好了。我不能去。」

「你一定得去。你不能一個人孤零零地住原來的房子。那太可怕了。一切我都安排好了。你會有自己的起居室。如果不想和我們一起吃飯，就可以在那裡吃。我倆都希望你能來。」

「我沒打算住原來的房子。想在香港旅館訂個房間。不能給你們添那麼多麻煩。」

這個建議讓凱蒂大吃一驚。她既困惑又懊惱。如果查理還講一點體面，他就絕不允許他的妻子發出這種邀請。她不想欠他們任何一個的人情。

「哦，但我受不了讓你去住旅館。而且，香港旅館一定讓你討厭。那裡到處是人，樂隊不停地在演奏爵士樂。求你快答應去我們那裡吧。我保證，查理和我絕不打擾你。」

「我不知道，為什麼你們對我這麼好。」凱蒂找不到藉口了，她無法讓自己直截了當地回絕。「恐怕，目前我和陌生人住不太好。」

「但我們是陌生人嗎？哦，我可不那樣想，我想讓你允許我做你的朋友。」桃樂西緊握雙手，她的聲音，那冷靜、從容而又高貴的聲音顫抖著，眼含淚水。「我非常希望你能來。你看，我都要向你賠罪了。」

凱蒂聽不明白。她不知道查理的妻子欠她什麼。

「恐怕一開始我不太喜歡你，覺得你有點開放。你知道，我很守舊，也覺得自己氣量小。」

凱蒂匆匆瞥了她一眼。她的意思是說，當初她認為凱蒂粗俗。儘管臉上看不出來，但凱蒂心裡卻在大笑。現在，她才不在乎任何人對自己的看法呢！

「當我聽說你和你丈夫去了鬼門關，我毫不猶豫地感到一種可怕的恐懼。我太慚愧了。你真是太棒了，太勇敢了，讓我們所有人都顯得一文不值，都是二流貨色。」說到這裡，眼淚從她那慈祥而又親切的臉上滾落下來。「我真說不出對你有多佩服，多尊敬。我知道，無論我做什麼，也無法彌補你可怕的損失，但我想讓你知道，我是多麼真誠地同情你。如果容許我為你做一點事，那將是我莫大的榮耀。不要因為我錯怪了你而恨我。你是英雄，而我只是個愚蠢的女人。」

凱蒂低頭看著甲板，臉色十分蒼白。她希望桃樂西不要這麼情緒失控。她被打動了，這是真的，但又不禁有些不耐煩：這個頭腦簡單的女人，竟然會相信這樣的謊言。

「如果你真想讓我去，我當然樂意。」她歎了口氣。

72 又見湯森

湯森一家，住在山頂可以俯瞰遼闊海景的一座房子裡，查理通常不回來吃午飯，但凱蒂到的那天，桃樂西（此刻，她們已經親密無間、難分你我了）對她說，如果她想見他，他願意回家來歡迎她。凱蒂想，既然免不了要見，不如立刻就見，她心裡冷笑，等著看他的洋相。她十分清楚，邀請她來住是他妻子的心意，儘管他有自己的感受，但還是馬上同意了。凱蒂知道，他那種始終渴望做正確事的願望是多麼強烈，而熱情款待她顯然絕不會錯。但是，如果回想起他們最後一次見面的情形，他很難不覺得羞恥：對湯森這樣一個自大的人來說，這肯定像無法癒合的潰瘍一樣讓人難受。她希望自己能傷害他，就像他當初傷害自己那樣。他現在一定恨她。她高興地想，她已經不恨他，只是瞧不起他。她有種感覺，不管他心裡怎麼想，他都不得不對她大加讚賞，這可真是十足的諷刺，令人滿足。那天下午，她離開他辦公室時，他一定衷心希望再也別見到她。

現在，她和桃樂西坐在一起，等著他走進來。在這個裝飾奢華的客廳裡，她意識到自己心底的喜悅。她坐在一把扶手椅上，四周都擺著漂亮的鮮花，牆上掛著一幅幅令人愉快的繪畫；房間遮陰、涼快，非常舒適，有家的感覺。想起傳教士那間空蕩蕩的客廳，她不禁有點發抖。那些藤椅和鋪著棉布的餐桌，滿是汙漬、擺著廉價小說的書架，還有那些捉襟見肘、布滿灰塵的紅色小窗簾。哦，太不舒服了！這一切，恐怕桃樂西連想都不敢想。

她們聽到汽車由遠而近，查理大步走進了房間。

「我遲到了嗎？但願沒讓你們久等。我得去見總督，實在脫不開身。」

他走到凱蒂面前，握住她的雙手。

「非常非常高興你能來。我知道，桃樂西告訴你了，我們希望你住這兒，想住多久就住多久，希望你把我們的家當成自己的家。但我也想親口告訴你一些話。如果這世上有什麼事我能為你效勞，我會非常高興。」他眼裡流露出迷人的真誠；她心想，他是否看出她眼含嘲諷。「我真是笨口拙舌，不知道怎麼說，又不想讓人覺得自己是個太笨的傻瓜，但我很想讓你知道，我對你丈夫的去世深感不幸。他是個了不起的好兄弟，這邊的人都會很想念他。」

「別說了，查理，」他妻子說，「我相信凱蒂明白……雞尾酒送來了。」

按照外國人在中國的奢侈習慣，兩個穿制服的男僕走進房間，端來鹹味小吃和雞尾酒。凱蒂拒絕了。

「哦，你得喝一杯，」湯森用他那輕鬆熱情的語調堅持道，「這對你有好處，而且我相信，自從你離開香港，肯定沒再喝過雞尾酒之類的東西了。除非我大錯特錯，你們在湄潭府不可能弄到冰。」

「你沒弄錯。」凱蒂說。

一瞬間，她腦子裡浮現出一幅畫面：那個蓬頭垢面的乞丐，穿著破爛的藍布衣衫，看得見裡面皮包骨頭，就那樣躺在院牆邊死了。

73

他其實沒變

他們進去吃午飯。查理坐在桌子端頭，輕鬆地左右著話題。在說過幾句同情話之後，他便不再把凱蒂當作剛剛遭受了毀滅性打擊的人，反倒像是才動了闌尾手術，從上海來這裡換換心情。她需要歡呼雀躍，而他也準備讓她歡呼雀躍。要讓她有賓至如歸的感覺，最好的辦法就是把她當成一家人。他十分圓通，開始談論秋季賽馬會，還有馬球——天哪，如果他不能把體重減下來，就不得不放棄馬球了——然後又說到早上他和總督的談話。他談到他們在海軍上將的旗艦上參加的一場聚會，還有廣東的形勢，以及廬山的交通路線。幾分鐘後，凱蒂便覺得，她好像不過是週末離開了一兩天而已。難以置信的是，在六百英里外的鄉村（距離相當於從倫敦到愛丁堡，對吧？），男人、女人和孩子都像蒼蠅一樣死去。很快，她便發現自己在問某個在馬球比賽中摔斷鎖骨的人怎樣了，這位太太回家了沒有，或者那位太太在網球錦標賽上打過球沒有。

查理說著他拿手的小笑話，她聽了都微微一笑。桃樂西帶著一點優越感（現在也包括凱蒂在內，所以便不再讓人稍感無禮，更像是一種團結起她們的紐帶）溫和地嘲諷香港的各種人。凱蒂開始變得活躍起來。

「嗨，她看起來已經好多了，」查理對他妻子說，「午餐前她臉色蒼白，嚇我一跳；現在臉上都有顏色了。」

但是，當她參與談話時，即使不是興高采烈（因為她覺得無論是桃樂西，還是擁有令人欽佩的禮節的查理，都不會贊成的），至少也顯得心情愉悅。她也觀察著主人。在她懷著復仇的幻想，頭腦被他占據的那幾個星期，她在心裡對他有一個非常生動的印象。他濃密的鬈髮似乎太長，梳得過於仔細；為了掩蓋變灰的白髮，上面塗了太多的髮油；他的臉過於通紅，臉頰上滿是縱橫的淡紫色血管；他的下巴頦太大，當他不抬起頭掩飾，你就會看見他的雙下巴；他那濃密而花白的眉毛彷彿猿猴的毛髮，讓她隱隱感到噁心；他動作遲緩，再注意飲食和運動都無法阻止他變胖；他的骨骼被贅肉蓋得嚴嚴實實，關節像中年人一樣僵硬；他光鮮亮麗的衣服穿得過緊，對他來說似乎太年輕了。

但是，當他在午餐前走進客廳，還是讓凱蒂非常震驚（這也許就是她臉色蒼白的原因），因為她發現自己的想像和她開了個奇怪的玩笑：他一點也不像她想的那樣。她不禁自嘲起來。他的頭髮一點也不白，哦，鬢角有幾根白髮，但很合適；他的臉並不通紅，而是曬得黝黑；他的頭好好地架在脖子上；他不胖也不老，事實上，他幾乎顯得消瘦，身材極好——如果說這讓他有點自負，那能怪他嗎？——他就像個年輕人；當然，他懂得穿衣打扮；否認這一點是荒謬的：他看起來整潔、乾淨而又優雅。她到底中了什麼邪，居然那樣想像他？他是個非常英俊的男人。幸運的是，她知道他是多麼的一文不值。當然，她始終承認他的聲音非常迷人，跟她記憶中的一模一樣：這聲音讓他說出的每一句假話都更讓人惱怒；這豐富的語調和溫暖的嗓音現在縈繞在她耳邊，聽起來是那麼虛偽，讓她納悶自己怎麼會被它騙了。他的眼睛很漂亮：這是他的魅力所在，那雙眼睛閃爍著如此溫柔而湛藍的光彩，甚至在他胡說八道的時候，那種神色仍然令人愉快；要想不被他的眼睛打動，幾乎不可能。

終於，咖啡送來了。查理點燃他的方頭雪茄。他看了下手錶，從桌邊站起。

「嗯，我得走了，留你們兩位女士自便吧。我該回辦公室了。」他沉吟片刻，然後用友善而又迷人的目光看著凱蒂，對她說，「這一兩天，我就不打擾你了，好好休息。然後，我想跟你商量一點事。」

「跟我？」

「我們得把你的房子處理掉，你知道，還有家具。」

「哦，不過我可以找個律師，沒理由打擾你。」

「我可不想讓你把錢浪費在法律文件上。我會處理好一切的。你知道，你有權獲得一份撫恤金。我會和總督大人談談，看怎樣通融一下，為你額外多爭取一些。只管交給我好了。什麼也不用擔心。我們現在只希望你早日康復。對吧，桃樂西？」

「當然。」

他向凱蒂點點頭，然後走到他妻子的椅子旁，拉起她的手吻了一下。大多數英國男人親吻女人的手時看起來都有點傻，他吻得很優雅。

74 恢復一些社交

直到凱蒂在湯森家徹底安頓下來，她才發現自己很疲憊。舒適的生活，還有一時無法適應的禮儀，驅散了她長期以來的壓力。她已經忘了，一個人自在過活是多麼愉悅，被各種漂亮東西包圍是多麼心曠神怡，受人關心是多麼愜意。她向後一靠，寬慰地鬆了口氣，沉浸在輕鬆而奢侈的東方生活中。以一種謹慎而有教養的姿態，成為一個被人同情的對象，似乎並未令人不快。剛剛經歷了喪親之痛，別人不可能給她安排什麼娛樂活動，不過香港那些貴婦人（總督大人的妻子、海軍上將的妻子和首席法官的妻子）都來安靜地陪她喝茶。總督大人的妻子說，大人非常想見她，如果她願意不聲不響地來總督府吃頓午飯（「當然不是社交聚會，就我們和幾個副官！」），那該多好。這些太太，把凱蒂當成一件既易碎又珍貴的瓷器。她也不是看不出，她們把她當成一個小小的女英雄，她有足夠的氣量，謙虛而又小心地扮演著這個角色。有時候，她真希望沃丁頓也在場，以他那惡意的精明，自然能看出其中的樂趣；等他們單獨在一起，一定會放聲大笑。桃樂西收到他一封來信，裡面細說了她在修道院如何熱情工作，讚揚她的勇氣、她的自制力。當然，他是在耍他們，這狗東西。

75

舊情復燃

不知是偶然還是有意，凱蒂發現自己從未和查理單獨待過。他處事老練，還是那麼親切、友善、文雅、討人喜歡。誰也猜不出他們豈止是熟人。但有天下午，當她躺在自己房門外的沙發上看書時，他經過走廊，停了下來。

「你在看什麼？」他問。

「一本書。」

她諷刺地看著他，他笑了。

「桃樂西去總督府參加花園聚會了。」

「我知道。你怎麼沒去？」

「我在那裡坐不住，心想還是回來陪陪你。車在外面，想去島上兜風嗎？」

「不，謝謝你。」

他在她躺著的沙發邊坐下。

「自從你來這裡，我們還沒有機會單獨說過話呢。」

她用冷漠而傲慢的目光直視著他的眼睛。

「你覺得，我們還有什麼要說的嗎？」

「千言萬語。」

她挪了挪腳，免得碰到他。

「還在生我的氣？」他問，嘴角和兩眼泛著淡淡的微笑，那麼溫柔。

「一點也不。」她大笑。

「要是不生氣，你就不會這麼笑。」

「你錯了。我太鄙視你了，何必生氣？」

他鎮定自若。

「我覺得，你對我太苛刻了。冷靜回想一下過去，難道你真的不認為我是對的嗎？」

「那是站在你的立場。」

「現在，你瞭解桃樂西了，總得承認她很好吧？」

「當然。我會永遠感激她對我厚愛。」

「她是萬中選一的。如果當初我們跑了，我就不會有片刻的安寧。對她耍花招根本沒用。畢竟，我得為我的孩子著想，那樣做，對他們非常不利。」

一時間，她若有所思地盯著他，覺得自己完全勝券在握。

「我來這裡一星期，始終在仔細觀察你。我的結論是：你的確很喜歡桃樂西。我從來沒想過你會這樣。」

「我說過，我很喜歡她。我不會做任何讓她不安的事。再找不到比她更好的妻子了。」

「你有沒有想過，你對她不忠？」

「眼不見，心不煩。」他笑了。

她聳聳肩。

「你真卑鄙。」

「我是個人。我不懂，就因為我愛你愛得神魂顛倒，所以你認為我卑鄙？我也不是故意想那樣對你，你知道。」

聽他這麼說，她的心弦一陣顫動。

「我只是你手中的一個獵物罷了。」她痛苦地回答。

「我當然無法預見我們會陷入那樣的困境。」

「不管怎樣，你都有一套精明的打算，就算有人倒楣，也不會是你。」

「這話有點過分。畢竟，一切都過去了，你得明白，我那樣做是為我們兩個人好。你失去了理智，應該為我依然保持理智而高興。如果按你想的去做，你認為會成功嗎？當初我們備受煎熬，要是再掉進火裡，下場更糟。最終，你沒受到什麼傷害。為什麼我們不能親吻一下，做朋友呢？」

她差點大笑起來。

「你難道指望我會忘了，當初你把我送上絕路，一點都不內疚嗎？」

「哦，真是胡說八道！我告訴過你，如果你採取合理的預防措施，就不會有危險。如果沒有完全確信這一點，你覺得我會讓你去嗎？」

「你確信，是因為你想那樣。你就是那種膽小鬼，只會想對自己有利的事。」

「嗯，光說不練沒意思。你回來了，要是你不介意，我說句不好聽的話：你這次回來，比以前更漂亮了。」

「那沃爾特呢？」

他腦子裡不禁有了個滑稽的回答。查理笑了：

「沒有比黑衣服更適合你的了。」

她盯了他一會兒，眼裡噙滿淚水，哭了起來。美麗的臉龐因悲傷而扭曲了，她也沒想掩飾，就那麼仰面躺著，兩手攤在身旁。

「看在上帝的分上，快別哭了。我不是有意說難聽話。只是開個玩笑。你知道，我對你的喪夫之痛深感不幸。」

「哦，閉上你的臭嘴。」

「我願意付出任何代價讓沃爾特回來。」

「他是因為你和我才死的。」

他拉起她的手，但她猛地抽了回去。

「麻煩你走開，」她抽泣著說，「這是你現在唯一能為我做的事情。我恨你，鄙視你。沃爾特比你強十倍，我是大傻瓜，居然沒看出來。走開，走開。」

她看到他又要說話了，便猛地跳起來，進了自己的房間。他跟著她走了進去，出於本能，謹慎地拉上了百葉窗，他們幾乎處在黑暗中。

「我不能就這樣離開你，」他說，伸出手摟住了她，「你知道，我不是故意傷害你。」

「別碰我。看在上帝的分上。走開。」

她想擺脫他，但他不肯放手。現在，她歇斯底里地哭著。

「親愛的，你不知道我一直愛你嗎？」他用深沉而迷人的聲音說，「我比以往更愛你。」

「這種謊話也說得出口！放開我。混蛋，放開我。」

「別這麼無情，凱蒂。我知道我以前對你太殘忍了，但請原諒我吧。」

她顫抖著，抽泣著，掙脫著想離開他，但他緊緊地摟著她，讓她感到奇怪的安慰。她曾那樣渴望讓這雙手臂擁抱她，哪怕一次。她渾身發抖，感覺自己非常虛弱，好像骨頭都在融化，對沃爾特的悲傷變成了對自己的憐憫。

「哦，你怎麼能對我這麼狠心？」她抽泣著說，「難道你不知道我一心愛你嗎？從來沒有人像我那樣愛你。」

「我的寶貝。」

他開始吻她。

「不，不。」她叫道。

他湊近她的臉，但她拒絕了；他又湊近她的嘴；她不知他在說些什麼，斷斷續續，全是火熱的情話；他的雙臂緊緊地摟著她，讓她覺得自己就像是個迷路的孩子，現在終於安全到家了。她輕聲呻吟著，閉著眼睛，滿臉淚水。這時，他找到了她的唇，他的吻像上帝的火焰，瞬間燒透了她的全身。那是一種狂喜，她被燒成了灰燼，周身放光，彷彿變了形。在夢裡，在夢裡她曾體會過這種狂喜。他現在要幹什麼？她不知道。她不再是個女人，她的個性熔化了，只剩下絕無僅有的欲望。他把她抱了起來，她在他懷裡很輕。他抱著她，她也緊緊地抱著他，充滿渴望和熱愛。她的頭陷在枕頭裡，他的唇緊緊地壓著她的唇。

76

羞愧與悔恨

她坐在床邊，雙手掩面。

「你想喝口水嗎？」

她搖搖頭。他走到洗漱臺前，用牙杯接滿水，遞給她。

「來，喝點水，你會感覺好些的。」

他把杯子送到她嘴邊，她喝了一口，然後用驚恐的眼神盯著他。他站在她身邊，低頭看著她，眼裡閃爍著滿足的神情。

「好了，你還像以前那樣，覺得我是個狗東西嗎？」他問。

她垂下眼簾。

「是的。但我知道，我比你也強不了多少。哦，我太慚愧了。」

「嗯，我覺得你確實忘恩負義。」

「你現在可以走了嗎？」

「說實話，真是時候了。我得在桃樂西回來之前收拾一下。」

他輕快地走出了房間。

凱蒂在床邊坐了一會兒，一動不動，像個傻瓜似的佝僂著身子，腦子裡一片空白。一陣顫慄傳遍全身。她搖搖晃晃站了起來，走向梳妝檯，坐在椅子上，望著鏡中的自己。她的眼睛哭腫了；臉上髒髒的，一邊還有塊紅印，是他的臉蹭的。她驚恐地看著自己。還是同一張臉。她原以為，能看出什麼她所不知道的墮落痕跡。

「畜生，」她對著鏡中的自己大罵，「畜生。」

然後，她把臉埋到手臂上，痛哭起來。可恥啊，可恥！她不知道自己中了什麼魔。這太可怕了。她恨他，也恨自己。那是一種狂喜。哦，可惡！她再也不會去看他那張臉。他說得很有道理，他不娶她是對的，因為她一文不值，比一個妓女好不到哪裡去，哦，甚至更壞，因為那些可憐的女人是為了麵包才出賣肉體。甚至還是在這間房子裡，是桃樂西看她悲傷、淒慘才把她帶來的！她的肩膀因抽泣而顫抖著。一切都過去了。她本以為自己變了，以為自己很堅強，會以一個自重女人的模樣回到香港；彷彿陽光下的小黃蝶，一個個嶄新的想法在她心中飛舞，讓她對美好的未來充滿幻想；自由就像光的精靈在召喚她，世界彷彿一片廣袤的平原，讓她可以昂首闊步，輕鬆走過。她本以為自己早就從肉欲和卑鄙的激情中解脫出來了，可以自由地過上純潔而健康的精神生活；她曾將自己比作黃昏時悠然飛過稻田的白鷺，就像一個安閒自在的頭腦中翻飛的思緒；但她卻仍是個奴隸。軟弱啊，軟弱！現在毫無希望了，沒必要再去嘗試，她不過是個蕩婦而已。

她不願進去吃晚飯，讓男僕告訴桃樂西，說她頭痛，想待在房間裡。桃樂西走了進來，見她眼睛紅腫，便用她那溫柔又充滿憐憫的好心和她閒聊了一會兒。凱蒂知道桃樂西以為她哭是因為沃爾特，所以她像一個善良可愛的妻子那樣同情她，尊重這自然流露的悲傷。

「我知道這很難，親愛的，」離開凱蒂時，她說，「但你必須拿出勇氣，我相信你那親愛的丈夫，是不希望你為他難過的。」

77

訣別湯森

第二天，凱蒂早早起床，給桃樂西留了張紙條，說她出去辦事，便坐上電車下山去了。街上擁擠不堪，到處是汽車、黃包車和轎子，各種各樣的歐洲人和中國人。她穿過街道，來到半島東方輪船公司的辦事處。兩天後就有一艘船起航，這是最早出港的船，她下定決心，不惜一切代價也要坐上這班船。一位工作人員告訴她，所有艙位都訂出去了，她說要見總代理。她報出自己的姓名，那位她以前見過的總代理走出來，將她帶進他的辦公室。他知道她的情況，當她向他說明自己的想法，他便派人取來乘客名單。他低頭看著，面露難色。

「求您盡量幫幫我。」她懇請道。

「香港的每個人應該都願為您做任何事，費恩太太。」他回答。

他叫來一個員工問了問，然後點了點頭。

「我會調換一兩個人。我知道您想回家，我們應該竭盡全力為您效勞。我可以給您單獨安排一個小艙。您會喜歡的。」

她謝過他，興高采烈地離開了。快逃，她心裡只有這個念頭。快逃！她給父親發了一封電報，說她即刻回國；之前她已發過電報，宣告了沃爾特的死訊。然後，她回到湯森家，把訂票的事告訴了桃樂西。

「你走了，我們會很難過的，」這個善良的女人說，「但我當然理解，你想和父母在一起。」

自從回到香港，凱蒂一拖再拖，始終沒有去她原來的房子。她害怕再走進去，勾起以往所有的記憶。但現在，她別無選擇了。湯森把出售家具的事安排好了，他找了一個急著續租的人，但她和沃爾特的衣服還在那裡，去湄潭府時他們幾乎什麼也沒帶，另外還有書、照片和其他零碎物品。凱蒂對一切都無所謂，急於斬斷過去，她意識到，如果把這些東西拿去拍賣行，肯定會觸怒當地的敏感神經，必然全部打包寄回給她。所以午飯後她準備回去。桃樂西熱心幫忙，提出要陪她，但凱蒂求她讓自己一個人回去。最後，她只好同意帶上桃樂西的兩個男僕，幫忙收拾行李。

房子以前交給了僕人管家照看，他給凱蒂開了門。像陌生人一樣走進自己的房子，不免有點奇怪。房間裡乾淨整潔，一切井井有條，可以讓她隨時使用。但是，儘管這天天氣晴朗，陽光明媚，寂靜的房間裡還是有一股寒氣，顯得淒涼。家具生硬地擺在原來的地方，之前插花的花瓶也都在原來的位置，想不起來什麼時候倒扣著的書也在原處。彷彿房子在一分鐘內空了，然而這一分鐘卻包含著永恆，讓你無法想像這房子裡會再次響起歡聲笑語。鋼琴上放著一本打開的狐步舞樂譜，似乎等人來彈奏，但你有一種感覺，如果你按下琴鍵，它不會發出聲音。沃爾特的房間依然和他在的時候一樣整潔：櫃子上擺著兩張凱蒂的大照片，一張她穿著展覽會時的衣服，另一張她穿著婚紗。

兩個男僕從儲藏室拿來行李箱，她站在一旁吩咐他們怎麼裝。他們收拾得又快又整齊。凱蒂想，剩下兩天應該能輕鬆完成所有的事情。她不能讓自己胡思亂想，她沒時間胡思亂想。突然，她聽到身後傳來一陣腳步聲，轉身見是查理．湯森，頓時心裡一涼。

「你來幹什麼？」她說。

「能去你的起居室嗎？我有話跟你說。」

「我很忙。」

「五分鐘就行。」

她沒再說什麼，只是對男僕吩咐了一句，讓他們繼續，然後把查理帶進旁邊的房間。她沒有坐，擺明了她不想耽擱太久。她知道自己臉色蒼白，心跳加快，但還是冷冷地面對著他，眼神充滿敵意。

「你想怎麼樣？」

「我剛聽桃樂西說你後天要走。她告訴我，你要來這裡收拾東西，讓我打電話給你，看有什麼需要我做的。」

「非常感謝，但我自己能應付。」

「我就料到會是這樣。我來不是問你這個，而是問你，是不是因為昨天的事，你才突然要離開。」

「你和桃樂西對我很好。我不希望讓你們覺得，我在利用你們的善良。」

「這回答太隱晦了。」

「這跟你有什麼關係？」

「關係很大。我可不希望是我做了什麼把你趕走的。」

她在桌邊站著，低下頭，目光落在了《素描週刊》上。這是幾個月前的舊報紙了。在那個可怕的夜晚，沃爾特始終直直地盯著它——然而現在，沃爾特已經……她抬起眼睛。

「我覺得我徹底墮落了。你不可能像我鄙視自己那樣鄙視我。」

「但我並不鄙視你。我昨天說的每句話都是當真的。就這麼跑了有什麼好？我不知道，為什麼我們不能成為好朋友。我可不想讓你認為我對你不好。」

「為什麼你就不能讓我一個人靜靜？」

「豈有此理？我又不是一根木頭、一塊石頭。你這麼看這件事，太不合情理了、太不健康了。我以為從昨天開始你會對我好一點。畢竟，我們都是人嘛。」

「我不覺得我是人。我覺得自己像個動物，一頭豬、一隻兔子，或者一條狗。哦，我不怪你，我也一樣壞。我向你屈服是因為我想要你。但那不是真正的我。我不是那個可惡、下流、淫蕩的女人，我絕不是她。躺在床上渴望你的人不是我，因為我丈夫在墳墓裡屍骨未寒，而你妻子卻對我那麼好，好得不得了。那不過是我身體裡的獸性，像惡魔一樣黑暗、可怕，我討厭它、痛恨它、鄙視它。從那以後，每當我想到它，我就噁心得想吐。」

他皺了皺眉，不安地笑了。

「好吧，我的肚量相當大，但有時你說的話，實在讓我非常吃驚。」

「那就很抱歉了。你最好現在就走。你是個一文不值的小人，我真傻，竟然跟你認真說這些。」

他沉吟半晌，沒有回答，她從他那雙藍色眼睛的神色裡看出他被自己激怒了。他或許會像往常那樣老練而又禮貌地送她走，然後鬆一口氣。一想到他們相互握手，他祝她旅途愉快，她也感謝他的款待時那種彬彬有禮的樣子，她就覺得可笑。但她看到他的表情變了。

「桃樂西告訴我，你要生孩子了。」他說。

她感到自己臉紅了，但不讓自己顯出任何變化。

「是的。」

「我有可能是孩子的父親嗎？」

「不，不。是沃爾特的孩子。」

她說話時語氣很重，但話一出口，便覺得並不讓人信服。

「你確定嗎？」現在，他很無賴地笑著，「畢竟，你和沃爾特結婚幾年都沒懷上。日期似乎很吻合。孩子應該更可能是我的，而不是沃爾特的。」

「我寧願死也不會生下你的孩子。」

「唉，好了，別胡說八道了。我可是非常高興，特別自豪。希望是個女孩，你知道，我和桃樂西只有幾個男孩。要不了多久，你就會弄清楚的。你知道，我的三個小孩長得都像我，一個模子倒出來的。」

他又恢復了好心情，她知道為什麼。如果孩子是他的，儘管她可能再也不見他了，但她永遠無法徹底擺脫他。他對她的掌控將延伸下去，不管明裡暗裡，都會繼續影響她每一天的生活。

「你真是最虛榮、最愚蠢的混蛋，怪我倒楣遇見你。」她說。

78

幾封信

輪船駛入馬賽港，凱蒂望著那彎彎曲曲的海岸線，它美麗的輪廓在陽光下閃爍，突然，她看見金色的聖母雕像佇立在聖瑪利亞大教堂的頂上，作為保佑海上水手安全歸來的象徵。她想起了湄潭府修道院裡的那些修女，她們永遠離開自己的家鄉時，跪在船上，望著漸漸消失在遠處的雕像變成藍天上一點金色的火焰，祈禱著以減輕離別的痛苦。她雙手緊扣，向她所不知道的某種神靈虔誠地祈求。

在漫長而又安靜的旅途中，她不停地想著發生在自己身上的可怕的事。她無法理解。太出乎意料了，到底是什麼攫住了她，讓她即使那樣鄙視他，徹頭底尾鄙視他，卻還是那麼熱切地屈服於查理骯髒的懷抱？憤怒折磨著她，對自己的厭惡困擾著她。她覺得她永遠忘不了自己的恥辱。她哭了。但隨著距離香港越來越遠，她發現她的怨恨不知不覺在變淡。一切似乎發生在另一個世界。就像一個突然發瘋的人，等他恢復過來，依稀記得他所做的怪事，感到痛苦而又慚愧。但因為知道是身不由己，至少在他眼裡，他覺得自己得到寬恕。凱蒂心想，一個慷慨的人一定會憐憫她而不是譴責她。但一想到自信心就這樣可悲地破滅了，她又歎了口氣。曾經，展現在她面前的路似乎筆直而又輕鬆，現在看來卻如此曲折，陷阱一直在等待著她。印度洋的廣闊水域和淒美的落日讓她平靜下來。她似乎正在被帶往一個陌生的國度，在那裡，她可以自由地控制自己的靈魂。如果只能以一場激烈的衝突作為代價，讓她重獲自尊，她一定會拿出勇氣來坦然面對。

未來一定孤獨而又艱難。在塞德港，她收到母親回覆她電報的信。信很長，用的是母親年輕時那些小姐學的又大又誇張的字體。那種文筆飛舞、華麗而又整潔的樣子，給人一種不真誠的印象。賈斯汀太太對沃爾特的去世表示遺憾，對女兒的不幸深表同情。她擔心凱蒂生活缺乏保障，但香港當然會給她一筆撫恤金。得知凱蒂要回英國，她十分高興，她當然應該和父母住在一起，直到孩子出生。然後是凱蒂一定要遵守的某些規矩，以及她妹妹多莉絲分娩的各種細節。小男孩已經越來越重了，他的祖父說從未見過這麼可愛的小孩。多莉絲又懷孕了，他們希望再生個男孩，以確保男爵的繼承權。

看得出來，這封信的重點在於把凱蒂可以待的期限確定下來，賈斯汀太太不想背負一個境況普通的喪偶女兒的包袱。奇怪的是，想當初母親那麼熱切地想把她捧成受人崇拜的形象，但現在對她很失望，發現她只是個累贅。父母和孩子之間的關係是多麼奇怪！小時候，父母寵愛他們，小病小災每次都會擔驚受怕，孩子也始終依賴、尊敬、愛戴父母；幾年過去，孩子長大，就幸福而言，非親非故的外人反倒比父母更重要。冷漠取代了過去盲目而本能的愛。見面也成了厭煩和惱怒的原因。從前一想到要分開一個月就心煩意亂，現在就算幾年不見也很心安。其實母親不用擔心，只要有機會，她就會出去建立自己的家。但至少她現在需要時間，目前一切都很模糊，她對未來沒有任何想法：也許，她會在分娩時死掉，那倒一了百了。

但是，船靠碼頭，又有兩封信交給了她。她驚訝地認出是父親的筆跡，她不記得他曾經給自己寫過信。信中並沒有流露感情，抬頭寫著：親愛的凱蒂。他告訴她，這是代她母親寫的信。她母親身體不好，不得不去一家私立療養院動手術。不過凱蒂不必擔心，還是按她原來的打算繞海路回國，走陸路要貴很多。因為母親不在家，她待在哈靈頓花園那棟房子會很不方便。另一封信是多莉絲寫來的，開頭是：凱蒂寶貝。這並不是說多莉絲對她有什麼特別的愛，她給所有她認識的人寫信都這樣。

凱蒂寶貝：

想必父親已經給你寫信了。母親得去動手術，看來她去年身體就不好。但你知道，她討厭醫生，一直自己服用各種專利藥。我也不太清楚她得了什麼病，因為她堅持要保密，如果問她，她會大怒。她看起來很糟糕，如果我是你，就會在馬賽下船，盡快趕回。不過別說是我說的，因為她總是假裝自己沒事，不想讓你在她出院前回家。她逼醫生答應她，一週內就讓她出院。

最愛你的多莉絲

沃爾特的事我深感遺憾。你肯定熬過了一段苦日子，可憐的寶貝。我可想死你了。想想我們要一起生孩子了，真有意思。到時候，我們得抓緊對方的手。

凱蒂心情沉重，在甲板上站了片刻。她沒想到母親會生病，記憶中，母親向來都很活躍，而且果斷，別人有點小病總讓她厭煩。這時，一位乘務員拿著封電報，走到她面前。

沉痛告知，你母親已於今早去世。父親。

79

親人重逢

凱蒂按響了哈靈頓花園那棟房子的門鈴。她被告知父親在書房，便走過去，輕輕推開門。他正坐在火爐邊，讀著晚報的最後一版。見她進來，他抬起頭，放下報紙，緊張地跳了起來。

「哦，凱蒂，我還以為你會搭下一班火車。」

「我想，沒必要讓你去接我，所以就沒發電報說我什麼時候到。」

他讓她親吻自己的臉，那樣子她記憶猶新。

「我只是隨便看一眼報紙，」他說，「這兩天一直沒看。」

很明顯，他想如果他忙了些瑣事，就有必要解釋一番。

「當然，」她說，「您一定累壞了。恐怕母親去世對您打擊很大。」

和上次見到他時相比，他顯得更老、更消瘦。一個身材矮小、滿臉皺紋、乾癟衰老的男人，帶著做事嚴謹的神情。

「醫生當時說，已經沒有任何希望了。一年多了，她始終沒有康復，但又拒絕去看病。醫生告訴我，她一定經常感到疼痛，竟然能忍住，真是個奇蹟。」

「她從來沒抱怨過哪裡痛嗎？」

「她說過很不舒服，但從不抱怨有多痛。」他沉吟片刻，看著凱蒂，「這麼長的路程，一定累了吧？」

「還好。」

「你想上去看看她嗎？」

「她在這裡嗎？」

「對，從醫院送回來了。」

「好，我這就去。」

「要我陪你一起嗎？」

父親的語氣有點異常，她迅速看了他一眼。他微微轉過臉去，不想讓她看見自己的眼睛。凱蒂近來在看穿別人的心思方面能力非凡，畢竟，她日復一日，用自己全部的感情，從丈夫的隻言片語或舉手投足中揣測出他隱瞞的想法，所以立刻猜到父親想對她掩飾什麼。他解脫了，永遠解脫了，連他自己也被嚇了一跳。三十年來，他一直是個忠誠的好丈夫，從未說過妻子一句不好的話，現在本應該哀悼她。他總是像別人期待的那樣做事，如果一眨眼、一伸手暴露出他現在並沒有喪妻之痛的感覺，那一定會讓他自己非常驚訝。

「不用，還是我自己去。」凱蒂說。

她上樓，走進母親多年來睡的那間臥室，這裡寬敞、陰冷、裝飾浮誇。她還清楚地記得那些笨重的紅木家具，和牆上模仿馬庫斯·斯通的雕版畫。梳妝檯上的東西擺放得生硬整齊，這是賈斯汀太太一生都堅持的。鮮花也不合適：賈斯汀太太會覺得，在臥室裡放花顯得愚蠢、做作、對健康不利。花香並沒能遮住刺鼻的霉味，就像剛洗過的亞麻床單一樣難聞，凱蒂記得，這是母親房間特有的氣息。

賈斯汀太太躺在床上，雙手交叉在胸前，她這輩子，向來都受不了這種溫順的姿勢。她五官硬朗，儘管雙頰因病痛而凹陷了，太陽穴也塌了，但看起來依然很美，甚至顯得威嚴。死亡奪走了她臉上的卑劣神情，只留下性格的印記。她原本可能是一位羅馬皇后。奇怪的是，在凱蒂見過的死人中，只有這一個似乎還保持著原貌，彷彿這堆泥土曾經是精神的居所。她沒有感到悲傷，因為她和母親之間有太多的痛苦糾葛，在她心裡沒有留下任何深切的感情；回頭想想少女時的自己，她知道是母親一手造就了她現在的樣子。但是，當她看著這個冷酷、專橫、野心勃勃的女人，一動不動、一言不發地躺在這裡，那些微不足道的目標全被死亡擊潰了，她心中便隱隱作痛。她一生都在圖謀、算計，除了卑鄙又一文不值的東西，從沒期望過任何別的。凱蒂懷疑，當她在另一個神祕之地回望自己的人生軌跡，會不會驚愕呢。

多莉絲走了進來。

「我就想你會搭這班火車回來，覺得應該來看看。是不是很可怕？親愛的母親，太可憐了。」

她放聲大哭，撲到凱蒂懷裡。凱蒂吻了吻她。她知道當初母親偏袒自己，對多莉絲多麼忽視，也知道自己對她的態度是多麼嚴厲，就因為她平庸乏味。她想知道，多莉絲是否真像她表現的那樣悲傷欲絕。不過，多莉絲一直很情緒化。她希望自己能哭出來，否則多莉絲會覺得她心腸太硬。但她認為經歷了這麼多事，實在無法裝出假慈悲的樣子。

「你想去看看父親嗎？」看到多莉絲感情爆發的力量減弱了，她問。

多莉絲擦了擦眼淚。凱蒂注意到，因為懷孕，她妹妹的容貌變得更蠢了，加上一身黑衣，顯得臃腫而又粗俗。

「不，不去了，去了又得哭一回。可憐的老頭，他硬是撐下來了。」

凱蒂把妹妹送出門，又回到了父親身邊。他站在爐火前，報紙疊得整整齊齊。他想讓她知道，他沒再看一眼。

「我沒為晚飯換衣服，」他說，「感覺沒那個必要。」

80 新的生活

他們吃了晚飯。賈斯汀先生把妻子生病和去世的詳細情況告訴了凱蒂，還說許多朋友都好心寫了信來（桌上擺著一大堆弔唁信，想到要一封封回覆，他就歎氣），又講到葬禮的安排。然後他們回到他的書房，這是唯一生了火的房間。他無意識地從壁爐架上取過菸斗，開始裝菸絲，卻心神不定地看了女兒一眼，放下菸斗。

「你不是要抽菸嗎？」她問。

「你母親不太喜歡飯後聞到菸味，自從開戰以來，我就戒了雪茄。」

他的回答讓凱蒂有點難受。一個六十歲的人，想在自己的書房抽菸還這麼猶豫不決，真是糟糕透頂。

「我喜歡菸斗的味道。」她笑著說。

一絲寬慰的神色從他臉上掠過，他又拿起菸斗，點燃了。他們隔著爐火坐著，他覺得，應該和凱蒂談談她自己的苦惱。

「我想，你一定收到你母親寄到塞德港的信了。聽到可憐的沃爾特去世的消息，我們大為震驚。我覺得他人很好。」

凱蒂不知該說什麼。

「你母親告訴我，你快要生孩子了。」

「是的。」

「預計什麼時候？」

「大概還有四個月。」

「這對你是個很大的安慰。你該去看看多莉絲的孩子，很可愛的小傢伙。」

他們說著話，但距離比剛認識的陌生人還要遠。要是陌生人，他至少會對她感興趣，會好奇，但他們共同的過去，不過是一面豎在他們中間冷漠的牆。凱蒂非常清楚，她從沒做過任何事以博得父親的愛。他在這個家裡毫無地位，家庭生計理所當然由他負責，他甚至被瞧不起，因為他無法為家人提供更奢華的生活。但她想當然地認為，他一定愛她，因為他是她父親。但是，當她發現他心裡其實對女兒毫無感情時，她感到十分震驚。她知道她們全都煩他，但從沒想到他也同樣煩她們。他依然像從前那樣和藹、沉悶，但她那種從苦難中磨練出的可悲的洞察力告訴她，他打心裡不喜歡她，儘管他從未承認過，也永遠不會承認。

菸斗堵住了，他站起來，想找個東西戳一下，或者不過是藉此掩飾緊張的情緒。

「你母親希望你待在這裡，直到孩子出生。她本想把你以前的房間收拾出來呢。」

「我知道。我保證不會添麻煩的。」

「哦，不是那回事。眼下這種情況，你唯一能去的地方當然是你父親家。但實際情況是，我剛剛被提議當巴哈馬群島首席大法官，我也答應了。」

「啊，父親，我太高興了。衷心祝賀你。」

「這個提議來得太晚了，都沒來得及告訴你那可憐的母親，這會讓她非常滿足的。」

真是命運的辛辣諷刺！一生孜孜不倦、機關算盡、屢屢受辱，賈斯汀太太竟這樣死了，沒能親眼見識她的宏圖大志——儘管因太多失望而變得更小——但最終還是實現了。

「我下個月初登船啟程。這棟房子當然要交到仲介手上，也打算把家具賣了。很遺憾，沒辦法讓你住在這裡，但要是你想用哪件家具去布置你的房子，我會非常樂意送給你。」

凱蒂望著爐火，心跳加快。奇怪，她突然緊張起來。最後，她強迫自己開了口，聲音有點顫抖。

「我不能和你一起去嗎，父親？」

「你？哦，我親愛的凱蒂。」他的臉沉了下來。她經常聽他這樣稱呼自己，但覺得那不過是個口頭禪，現在，她生平第一次看到這口頭禪是怎麼伴隨著臉色說出來的。

它是那樣明顯，嚇了她一跳。「但是你所有的朋友都在這裡，多莉絲也在這裡。你在倫敦租個房子會更愉快。我不太清楚你的境況，但我樂意幫你付租金。」

「我的錢足夠我過活。」

「我要去一個陌生的地方。我對那裡的情況一無所知。」

「我已經習慣了去陌生的地方。倫敦對我已經毫無意義了。在這裡我活不下去。」

他閉目沉默了片刻，她以為他要哭了，因為他看起來一副非常痛苦的神情。這讓她心如刀絞。她的想法是對的：妻子去世讓他如釋重負，眼前這個與過去完全決裂的機會給了他自由。經過那麼多年，他終於看到一種嶄新的生活在他面前展開，帶著安寧和幸福的幻想。她隱約看見三十年來折磨他靈魂的一切苦難。終於，他睜開了眼睛，禁不住歎息了一聲。

「當然，如果你想去，我會很高興的。」

真是可憐。內心的爭鬥如此短暫，他便屈服於自己的責任感；才幾句話，他便放棄了自己全部的希望。她從椅子上站起身，走到父親面前跪下，拉起他的兩隻手。

「不，父親，我不會去的，除非你想讓我去。你犧牲的已經夠多了，如果你想一個人去，就去吧。根本不用考慮我。」

他抽出一隻手，撫摸著她漂亮的頭髮。

「我當然想讓你去，親愛的。畢竟我是你父親，你又成了寡婦，孤零零的。如果你想和我在一起，我卻不同意，那也太無情了。」

「就是這個道理，我不會因為我是你女兒就無理要求，你什麼都不欠我。」

「哦，我親愛的孩子。」

「什麼都不欠。」她激動地重複著，「想到我們一輩子都在依賴你，卻沒給你任何報答，我就心情沉重。甚至沒有給你一點愛，恐怕你一直生活得不太開心。你願意讓我對過去的錯誤做些彌補嗎？」

他皺了皺眉。她的情緒讓他有點難堪。

「我不明白你的意思。我從來沒抱怨過你。」

「哦，父親，我經歷了太多，太不開心。我不是離開時的那個凱蒂了。我很脆弱，但我認為我已不是以前那個卑鄙的人了。不能給我一次機會嗎？現在，這世上我只有你了。不讓我試試讓你愛我嗎？哦，父親，我太孤獨、太可憐了，太需要你的愛了。」

她把臉埋在他的大腿上，撕心裂肺地哭了起來。

「哦，我的凱蒂，我的小凱蒂。」他低聲說。她抬起頭，摟住他的脖子。

「哦，父親，對我好一點。讓我們對對方都好一點。」

他親吻她，像情人一樣吻著嘴唇，他的臉被她的淚水打溼了。

「你當然可以跟我去。」

「你想讓我去嗎？真想讓我去嗎？」

「是的。」

「真是太感激你了。」

「哦，我親愛的，可別這麼說，讓我感覺很尷尬。」

他掏出手帕，擦乾她的眼淚。他微笑的樣子，她以前從未見過。她又摟住他的脖子。

「我們以後就這麼快快樂樂，親愛的父親，你不知道，我們在一起會多有意思。」

「你可別忘了，你就要生孩子了。」

「我很高興她會在海浪聲中、在廣闊的藍天下出生。」

「你已經確定性別了？」他喃喃地說，臉上帶著淡淡的乾癟微笑。

「我想要個女孩，自己撫養她長大，這樣，她就不會犯我犯過的錯誤。想想以前做女孩時的我，我就恨自己。但我從來都沒得選。我要好好栽培她，這樣她就自由了，完全自立了。我把孩子帶到這個世界上，愛她、撫養她長大，不是為了讓哪個男人想和她睡而供她吃穿、養活她一輩子。」

她感覺父親僵住了。他從來沒聽過這樣的話，從他女兒嘴裡說出來，讓他十分震驚。

「讓我坦言吧，哪怕就一次，父親。我一直愚蠢、缺德、可憎。我已受到了嚴厲的懲罰，我決心讓我的女兒徹底避開這一切。我要讓她無畏、坦率。我要讓她獨立，擁有自我。我要讓她像一個自由人那樣對待生活，比我活得更好。」

「哎呀，親愛的，你這些話好像是五十歲的人說的。你的人生還很長，可不能灰心喪氣。」

凱蒂搖搖頭，慢慢露出了微笑。

「我不會。我有希望和勇氣。」

過去已經結束，死者安然入土。這是不是太無情了？她真心希望自己已經學會了憐憫和仁慈。她不知道將來會發生什麼，但她感到體內有一股力量，讓她可以帶著輕鬆愉快的心境去迎接一切。接著，突然間，不知為什麼，那段旅程的回憶從她無意識的深處浮現出來：她和可憐的沃爾特，前往那座瘟疫肆虐、要了他性命的城市。一天早上，天還黑著，他們坐著轎子出發了。天亮時，與其說她看到了，不如說是她此刻想到了那一幕令人驚歎的美妙景象，她心裡的痛苦頓時減輕了。人世間所有的苦難都化成了泡影。太陽升起，驅散了薄霧，她看見他們走著的那條小路蜿蜒向前，一直延伸到眼睛看不到的遠處，穿行在稻田間，跨過一條小河，越過連綿起伏的鄉野。也許她的過失和她做的蠢事，還有她所遭遇的不幸，並非徒勞無益，只要現在她能沿著眼前這條讓她依稀可辨的道路走下去。那不是親切有趣的老沃丁頓說的無跡可尋的路，而是修道院那些可愛的修女謙卑地走著的路：一條通往寧靜的道路。

譯後記

通往內心寧靜的道路

《面紗》（一九二五年）是毛姆最著名的代表作之一，和《人性枷鎖》（一九一五年）、《月亮與六便士》（一九一九年）等長篇小說齊名。它曾被改編成戲劇演出（一九三一年），三次搬上銀幕（一九三四年、一九五七年、二〇〇六年）。該書不但是對人性剖析的經典名著，更被譽為女性精神覺醒的藝術傑作。民國才女陸小曼一九二五年看過小說後寫道：「哭得我至今心裡還是一陣陣的隱隱作痛。」

一九一九年秋天，毛姆從英國途經美國來到中國。他從香港到達上海，此後又去了天津、北京及重慶。回到上海，又去香港逗留了數月，之後返回英國。中國的風土人情和歷史見聞給他留下了深刻的印象。他根據在中國四個月的遊歷，先後寫出了三部作品：隨筆集《在中國的屏風上》（一九二二年）、《蘇伊士之東》（一九二二年），以及長篇小說《面紗》。

一九二四年九月，《面紗》寫成，分五期連載在紐約女性月刊《柯夢波丹》

（*Cosmopolitan*）（一九二四年十一月－一九二五年三月）上。一九二五年五月，又分八期在英國文學雜誌《納什》（*Nash's Magazine*）上發表。一九二五年四月在英國和美國正式出版。由於序言中所寫英國人在香港起訴的官司，使得小說當時就備受關注，成為暢銷書。此後更成為世界經典，近百年來暢銷不衰。

從構思開始，《面紗》就是一部極其豐富的小說。誠如毛姆在該書序言中所說，《面紗》的書名出自雪萊的十四行詩〈別揭開生活華麗的面紗〉，故事靈感出自但丁《神曲．煉獄》中皮婭出軌被丈夫殺死的故事。傳記作家理查．科德爾指出，《面紗》還受到毛姆的醫學研究和他在聖托馬斯醫院實習工作的影響。但是，直到毛姆去了中國香港，聽說了一個皮婭式的現代故事，才終於找到了鮮活的故事和有血有肉的角色，寫成了《面紗》。作為「二戰」中最重要的遊歷作家，毛姆總是能將真實動人的見聞和藝術的創造相結合，《面紗》就是證明。

表面上，《面紗》是一個動人的愛情故事、婚姻故事，但毛姆真正的用意並不局限於此。正如現代小說和電影早已不再重視單純的故事情節，作為散文化小說作家的毛姆同樣並不過於重視情節發展。所以，當我們掀開《面紗》的「面紗」，就會發現它表達的東西有很多。《面紗》將愛情與婚姻融為一體，將生活與人性融為一爐，將神祕的異國風情和對災難、死亡的描寫和盤托出，以全知的視覺展現眾多人物、景物和事物，因此它是一部內涵極其豐厚的小說。它展示人類的愛欲與仇恨，背叛與信任，犧牲與救贖，它最終在表達人生的勇氣和希望。

作為描寫女性精神覺醒的經典之作，《面紗》刻畫了一個深入人心的女性形象，此外還塑造了其他多位女性角色。美麗而虛榮的凱蒂在婚後的無聊中出軌，被懷著仇恨的丈夫帶到霍亂肆虐的山區，從此走上了一條備受折磨、漸漸省悟人生真諦的道路。而書中其他的女性角色也映襯出凱蒂對人生的反思與抉擇。一生圖謀、算計的賈斯汀太太，嚴肅、超然的女修道院院長，快樂、天真的聖約瑟修女，她們的人生圖景都讓凱蒂不斷反省著自己的人生道路。

《面紗》最重要的藝術特色是心理剖析。毛姆總是能夠抓住人物的性格特徵加以深入描寫。無論是天真而愚蠢的凱蒂，風流又偽善的湯森，還是沉默寡言的沃爾特、滑稽可笑的沃丁頓，或者超然物外的女修道院院長，毛姆都毫不留情地去展示人物在特定環境中的所思所想和細微動作。這種樸素而又深刻的人物塑造手法，將人性中的真誠與虛偽、卑鄙與高尚、邪惡與善良、痛苦與歡樂全部展現出來，讓讀者看到人性最真實、最可怕也最驚心動魄的一面。

《面紗》中這種細膩而又深邃的心理描寫，有藝術想像的成分，也得益於毛姆敏銳的生活觀察。小說中的男女主人公不是憑空而設，而是有其真實的原型。天真、輕浮的凱蒂，有評論家認為原型是毛姆的太太西莉爾。他們生活了十年，雙方都感到這是痛苦不幸的十年，最終離婚，毛姆對西莉爾的憎恨伴隨了他一生。而冷漠矜持、慣於冷嘲熱諷的沃爾特，被認為是毛姆本人的寫照。凱蒂的父親伯納德．賈斯汀，則是以毛姆自己的哥哥弗雷德里克為原型。晚年的毛姆對侄子羅賓說：「我曾在書裡刻畫過你父親的形象，那就是《面紗》。」小說藝術的成功，往往在於現實人物的疊加與想像，從而塑造出比生活形象更顯真實的藝術形象。

作為在以喬伊斯、卡夫卡為代表的現代主義小說興起的時代依然「古典」的小說家，毛姆始終採用紳士式的語言寫作，他的文筆優雅、辛辣，對愛情和婚姻的針砭振聾發聵。毛姆並不像現代派作家那樣絕望地展示人類的困境和苦難，他始終在描寫現實生活，從生活的平庸中發現美，從美中發現醜惡，從醜惡中發現善良，行雲流水，搖曳萬千。他的小說其實離大多數人更近。《面紗》集中展示了毛姆對愛情、婚姻和人性的獨到見解，書中的箴言俯拾即是。

《面紗》的主題是多元的，毛姆並沒有將這部小說寫成有些人以為的單純的愛情故事、婚戀故事。它在於展示生活本身的意義，探討人生的虛偽面紗。主人公凱蒂大齡未嫁，急於結婚，但她和丈夫婚後的生活枯燥乏味，她揭開了婚姻的面紗；她意外出軌，陷入激情而不能自拔，但發現情人湯森固守著自己的事業和婚姻，她揭開了愛情的面紗；當她被迫跟隨丈夫來到瘟疫肆虐的湄潭府，見證了那裡的人像蒼蠅一樣大批死去，她揭開了生命的面紗；當她看到修女無私奉獻，但她們也顯得冷漠，離上帝太近、離凡人太遠，她揭開了信仰或人類精神的面紗；當她歷盡千辛萬苦，經歷了丈夫的死、母親的死，經歷了一切，她終於揭開了人生的面紗。「面紗」的本質含義，指的是人與人之間、人與世界之間那層若即若離、若隱若現的微妙關係。這種關係在小說中通過眾多的人物和場景來表現，顯示了人性面紗的複雜。

正因《面紗》是在展示生活本身的真實與虛偽，所以毛姆對書中人物的態度是一視同仁的，無論高低貴賤。他們身上都有善良、可愛的一面，也有虛榮、可笑的一面。毛姆沒有刻意突出宗教信仰者的高大形象，也沒有將無信仰者、凡俗之人寫得一無是處。毛姆以藝術的觀點看待生活，就像伯格曼理解的，真正神性的、深刻的東西只能在平凡的生活中。《面紗》中沃丁頓的話代表了毛姆對生活的見解：「說不清楚。說不清楚她們追求幻覺是不是真那麼重要。她們的生活本來就很美好。我有個想法，唯一能讓我們不覺討厭地看待我們所生活的這個世界的，就是人類不斷從混沌中創造出來的美。他們畫的畫、他們譜的曲、他們寫的書，還有他們過的生活。所有這一切中，最美的就是美好的生活，那是一件完美的藝術品。」

《面紗》展現了生活本身的多變複雜，也展現了死亡在生活中扮演的重要角色。聰明的讀者會發現，《面紗》中對死亡的三次描寫極為成功：一是凱蒂發現路邊乞丐的死，二是沃爾特的死，三是凱蒂母親的死。這三次死亡深深地觸動主人公去思索人生的意義。路邊乞丐的死讓主人公感覺他沒了人形，像個死了的動物，毫無尊嚴，讓我們看到人生的荒謬、無意義。沃爾特的死交織著仇恨的火焰和奉獻的激情，讓我們看到人性面紗善與惡的正反兩面。凱蒂母親的死則展示了一種庸俗與尊嚴並存的畫面，展示了靈魂曾經在這堆泥土中居住，從而讓主人公真正唾棄浮華、虛榮的生活，去追求自由的、快樂的生活。這三次死亡意味著三次新生。

受毛姆影響的張愛玲曾說，毛姆是「人世的挑剔者」，這後來成為特德．摩根所著《毛姆傳》的中譯書名。作為二十世紀擁有最多讀者的小說家，毛姆的確善於用他那刻薄的文筆直擊人世生活的醜陋。但在《面紗》這部小說中，毛姆在嘲諷愛情、婚姻和世俗生活的同時也展示了人生的希望。《面紗》的核心故事其實是在講一位女性如何克服重重障礙去獲得生活的自由，無論是女性覺醒的自由還是個體覺醒的自由。人世的誘惑太多，牽絆太多，我們如何獲得真正的自由？「自由！不僅掙脫了令人煩惱的束縛、令人沮喪的陪伴。自由！不僅逃離了死亡的威脅，更擺脫了讓人墮落的愛情。擺脫了一切精神束縛，一種脫離了肉體的靈魂的自由……」而這種自由的獲得，對於大多數人來說需要的並不是高高在上的宗教或藝術，而是自救，積極的自救，就像女修道院院長說的：祈禱耶穌根本不夠，還得祈禱自己。

值得一提的是，《面紗》除了深入的人性剖析和富有智慧的主題探索外，還有著對瘟疫的生動描述。正是在霍亂肆虐的湄潭府，主人公凱蒂看到了死亡的可怕面目，也看到了修女勇敢無畏地面對死亡、濟世救人的信仰和生活，從而反思自我。瘟疫中的愛恨情仇，讓我們認識到生命的渺小，繼而反思人生的真正意義。這在全球新冠肺炎疫情繼續蔓延，大眾期待災難早日終結的今天，更有警世意義，這部小說更值得一讀。

《面紗》描寫了人性的美麗與醜陋，愛情的歡樂與痛苦，婚姻的糾葛與不幸，人生的坎坷與起伏。主人公歷盡艱辛，最終渴望「一條通往寧靜的道路」。這是內心之路，精神之路，救贖之路。儘管書中寫到了《道德經》之路，基督徒之路，但毛姆展示的

是最平凡也最複雜的生活之路。《面紗》是一部靈魂之書。人生的面紗最終被揭開，
生命因此而得以昇華。

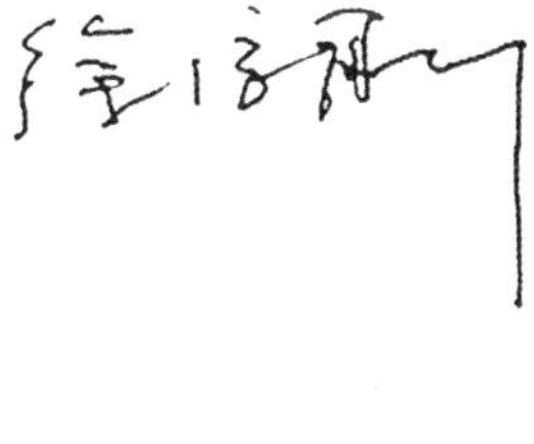

威廉·薩默塞特·毛姆生平年表

一八七四年　出生

一月二十五日，出生於巴黎。父親是律師，當時在英國駐法使館供職。

一八八二年（八歲）

八歲生日後不久，母親病逝。兩年後，父親病逝。被送回英國由伯父撫養，進入坎特伯里皇家公學。

一八九〇年（十六歲）

去德國海德堡大學學習。接觸到德國哲學史家費希爾的哲學思想和以易卜生為代表的新戲劇潮流。

一八九二年（十八歲）

返回英國，在倫敦一家會計師事務所當了六個星期的實習生。隨即進入倫敦聖托馬斯醫學院，開始了為期五年的習醫生涯。

一八九七年（二十三歲）

畢業成為婦產科醫生。發表以從醫經驗為題材的第一部長篇小說《蘭貝斯的麗莎》。

一九〇二年（二十八歲）

轉向戲劇創作，獲得成功，成為紅極一時的劇作家。

一九〇八年（三十四歲）

倫敦四家劇院同時上演他的四個劇本：《弗雷德里克夫人》、《傑克．斯特洛》、《杜特太太》和《探險家》。盛況空前，堪比蕭伯納。

一九一三年（三十九歲）

暫時中斷戲劇創作，轉向小說寫作。

一九一四年（四十歲）

第一次世界大戰爆發，因年齡太大而無法入伍，在法國成為英國紅十字會「文學救護車司機」的一員。該組織由約二十四名知名作家組成，其中包括海明威。

一九一五年（四十一歲）

發表潛心寫作兩年之久的長篇小說《人性枷鎖》。希歐多爾・德萊塞稱之為「天才之作」，將之和貝多芬交響樂相比較。此書從未絕版過。

一九一六年（四十二歲）

去南太平洋旅行。此後多次到達遠東。

一九一七年（四十三歲）

和西莉爾結婚。受到英國祕密情報局（後稱MI6）的派遣，在俄羅斯執行特殊任務。

一九一九年（四十五歲）

發表以畫家高更為原型的長篇小說《月亮與六便士》，轟動文壇，享譽世界。

一九二〇年（四十六歲）

經美國來到中國，進行為期四個月的遊歷，去過香港、上海、北京、天津、重慶。

一九二五年（五十一歲）

發表寫作時間最久、以中國為背景的長篇小說《面紗》。小說被三次改編成電影（分別是一九三四年、一九五七年、二〇〇六年）。

一九二八年（五十四歲）

定居地中海之濱的里維拉，直至一九四〇年納粹入侵時離去。兩次大戰的間隙，是其創作精力最旺盛的時期。二十世紀二〇年代至三〇年代初期，寫了一系列揭露上流社會爾虞我詐、道德墮落的劇本，如《堅貞的妻子》（一九二六）、《香箋淚》（一九二七）、《神聖的火焰》（一九二九）、《養家糊口的人》（一九三二）。

一九三三年（五十九歲）

完稿的《謝佩》上演失敗，從此不再寫劇本。

一九三八年（六十四歲）

出版寫作回憶錄《毛姆文學課》。

一九四四年（七十歲）

發表以第一次世界大戰為背景的長篇小說《剃刀邊緣》。

一九四六年（七十二歲）

回到法國里維拉。

一九四七年（七十三歲）

設立毛姆文學獎，獎勵三十五歲以下的優秀作家，獎金為一萬兩千英鎊。

一九四八年（七十四歲）

發表最後一部小說《卡塔麗娜》。此後，僅限於寫作回憶錄和文藝評論，如《作家筆記》（一九四九）、《流浪者的心情》（一九五二）、《觀點》（一九五八）、《回顧》（一九六二）等，同時對自己的舊作加以整理。

一九五二年（七十八歲）

牛津大學授予其榮譽博士學位。

一九五四年（八十歲）

英國女王授予「榮譽侍從」稱號。成為皇家文學會會員。

一九五九年（八十五歲）

最後一次遠東之行。

一九六一年（八十七歲）

母校德國海德堡大學授予其名譽校董稱號。

一九六五年（九十一歲）

十二月十五日，在法國里維拉去世，享年九十一歲。按照遺囑，骨灰安葬在坎特伯里皇家公學內。

面紗 / 威廉‧薩默塞特‧毛姆著；徐淳剛譯 . -- 初版 . -- 臺北市：時報文化出版企業股份有限公司 , 2023.11
336 面；14.8×21 公分 . -- (愛經典；74)
譯自：The painted veil.
ISBN 978-626-374-581-0 (精裝)

873.57   112018403

本書根據英國倫敦 Vintage Classics 版本譯出

作家榜经典文库
★ ★ ★ ★ ★ ★ ★ ★ ★ ★

ISBN 978-626-374-581-0

Printed in Taiwan

愛經典 0 0 7 4
面紗

作者一威廉‧薩默塞特‧毛姆｜譯者一徐淳剛｜編輯一邱淑鈴｜企畫一張瑋之｜美術設計一FE 設計｜校對一邱淑鈴｜總編輯一胡金倫｜董事長一趙政岷｜出版者一時報文化出版企業股份有限公司　108019 臺北市和平西路三段二四〇號四樓　發行專線一（〇二）二三〇六一六八四二　讀者服務專線一〇八〇〇一二三一一七〇五、（〇二）二三〇四一七一〇三　讀者服務傳真一（〇二）二三〇四一六八五八　郵撥一一九三四四七二四時報文化出版公司　信箱一10899 臺北華江橋郵局第 99 信箱　時報悅讀網一http://www.readingtimes.com.tw｜電子郵件信箱一new@readingtimes.com.tw｜法律顧問一理律法律事務所　陳長文律師、李念祖律師｜印刷一綋億印刷有限公司｜初版一刷一二〇二三年十一月十七日｜定價一新台幣四八〇元｜（缺頁或破損的書，請寄回更換）

時報文化出版公司成立於一九七五年，並於一九九九年股票上櫃公開發行，於二〇〇八年脫離中時集團非屬旺中，以「尊重智慧與創意的文化事業」為信念。